LES ROBINSONS

DU VICTORIA-N'YANZA

1re SÉRIE IN-8

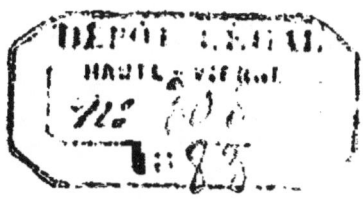

LES EXPLORATEURS FRANÇAIS
EN AFRIQUE

LES ROBINSONS

DU

VICTORIA-N'YANZA

PAR E. PARÈS.

LIMOGES
EUGÈNE ARDANT ET Cⁱᵉ, ÉDITEURS
—

LES

ROBINSONS [1]

DU VICTORIA-N'YANZA

I

Khartoum : le passé et le présent. —D'anciennes connais-
sances. — Maximilien Lénard, Fil-d'Etoupe et Édouard
Herbeau. — Quelques détails préliminaires. — Au Caire.
— Projets d'exploration dans l'intérieur. — Jouffroy et
Bélécbasse sont-ils perdus. — Espérance. — Départ défi-
nitif. — Du Caire à Khartoum.

Le 25 décembre 187..., deux Européens prenaient
le frais, assis devant une des blanches maisons de
Khartoum, ville située entre les déserts de l'Abyssinie et du Kordofan, au confluent du *Bahr-el-Abiad*
et du *Barh-el-Azrek*, ou Nil-Bleu et Nil-Blanc.

Un troisième personnage, un Européen aussi,
mais plus jeune que les deux autres, allait et ve-

[1] Cet épisode est la suite indépendante de l'ouvrage :
Du Gabon à Zanzibar.

naît du fleuve à la maison, surveillant les portefaix occupés à charger deux de ces lourdes barques
destinées à la navigation sur le Nil.

Khartoum était autrefois une cité florissante, un
de ces vastes entrepôts connus de tous les traitants
du monde. L'affreux commerce de la chair humaine
lui donnait une prospérité réelle : des maisons, des
bazars s'y élevaient avec une rapidité qui semblait
tenir du prodige ; en moins de vingt ans sa population se doubla, se tripla, et, vers le milieu du
siècle, Khartoum était à l'apogée de sa splendeur.

Malheureusement, il en fut du comptoir africain
comme de toutes les choses basées sur un pouvoir
inique : la traite l'avait élevé, la suppression de ce
hideux trafic devait le faire promptement déchoir
au rang de ces villes mortes qui parsèment l'Egypte
entière.

Pourtant, qu'on ne s'y trompe pas, quoique sévèrement prohibé, le commerce des esclaves domine encore dans ces régions. Les « honorables
négociants », pensant avec raison que, plus la
« marchandise » est rare, plus il y a de difficultés
à se la procurer, plus les bénéfices doivent être con-
sidérables, poursuivent leurs opérations avec plus
de fureur que jamais, ils se cachent et... voilà
tout...

Mais revenons à nos Européens.

Le plus petit, celui qui semblait commander aux
autres, était un homme d'une trentaine d'années,
peut-être moins, à l'apparence faible et maladive ;
mais au visage énergique, au regard étincelant

d'audace et de résolution. Quoiqu'il fût bien jeune encore, sa barbe et ses cheveux grisonnaient déjà. C'est qu'il avait jadis voyagé dans l'intérieur, et quiconque se décide à passer une année et même moins dans les déserts du continent africain, doit s'attendre à en revenir avec les cheveux blanchis.

Son compagnon, celui qui fumait si nonchalamment sa longue pipe à ses côtés, était un grand gaillard de vingt-quatre à vingt-cinq ans, bâti comme un Auvergnat ou un hercule de foire.

L'autre était tout simplement un enfant n'ayant pas encore atteint sa vingtième année. Bien qu'il fût le plus jeune, c'était lui qui se donnait le plus de mouvement. On voyait que les Coptes, les Turcs, les Abyssins, les Berbers, au milieu desquels il se démenait et s'agitait, ne l'épouvantaient pas et qu'il en avait vu bien d'autres...

En effet, ce gamin était Louis Perron, autrement dit Fil-d'Etoupe, notre ancienne connaissance.

La nuit venait et les derniers rayons du soleil, teignant en rouge les blanches maisons arabes éclairaient le fleuve mystérieux ou se jouaient à cime gracieuse de quelques palmiers qu'agitait une douce brise.

— Fil-d'Etoupe, mon ami, dit tout-à-coup celui que nous avons désigné comme devant être le chef de la petite colonie Européenne; tu te fatigues comme un portefaix du Caire : songe que nous partons demain...

— C'est justement en vue de ce départ que je me

hâte, répondit Fil-d'Etoupe. Croyez-vous, monsieur
Max, que si nous laissons ces fainéants livrés à
eux-mêmes, ils feraient autre chose que se croiser
les bras en priant Allah d'avancer la besogne ? Non,
monsieur, sur le Nil comme sur l'Ogôoué, sur
l'Ogôoué comme sur le Loualaba, les noirs sont
toujours les mêmes.

Et, se tournant vers les travailleurs qui écou-
taient en riant :

— Eh bien, paresseux, dit-il en arabe, est-ce
une raison, parce que je parle que vous ouvriez la
bouche sans remuer les bras ?... Allons ! du cœur
à l'ouvrage... une fois n'est pas coutume et vous
vous reposerez demain.

— Bravo, Fil-d'Etoupe ! voilà qui est parler !
s'écria à son tour le troisième personnage. On ne
vous accusera pas de tendresse pour nos noirs
moutons...

— C'est que je n'ai pas vécu dans l'intérieur de
l'Afrique sans avoir appris à connaître la race
noire, répondit Fil-d'Etoupe, non sans quelqu'orgueil. Vous vous êtes décidé à nous accompagner,
maître Edouard ; soit, cela complètera votre éducation... Mais, tout ce que je puis vous souhaiter,
c'est de ne pas passer par les petits chemins où
nous avons nous mêmes passé... Demandez-le à
M. Max....

— Oui ! murmura celui-ci, dont le front se couvrit de nuages.

— Enfin, s'écria Fil-d'Etoupe, qui, la dernière
barque chargée, s'en vint rejoindre ses compa-

gnons, c'est la Noël aujourd'hui, et, quoiqu'en pays sauvage, nous n'en fêterons pas moins la naissance du Sauveur.

La nuit était faite depuis longtemps déjà, les trois hommes regagnèrent leur demeure.

C'est en effet Maximilien Lénard que nous retrouvons à Kharloum, en compagnie de son fidèle Fil-d'Etoupe. Séparé de ses compagnons par une catastrophe terrible, ignorant ce qu'ils étaient devenus, le jeune français n'avait qu'une espérance, une idée : les rejoindre ou mourir où ils étaient morts...

Cette pensée hâta son rétablissement. Revenu c. Europe, il s'était fixé sur les bords de la Méditerranée, ne voulant pas perdre de vue cette terre d'Afrique, qui lui avait été si fatale; puis, il passa la mer et vint s'établir au Caire, où il consacra les loisirs forcés que lui laissait sa convalescence, à l'étude de l'Arabe.

Sous la direction de professeurs habiles, il fit bientôt des progrès réels dans cette langue qu'il ne tarda pas à parler presqu'aussi couramment que son idiome natal. Fil-d'Etoupe, intelligent et malin comme un singe, ne voulut pas rester en arrière, et, s'il ne dépassa pas son maître, « c'était », disait-il, « par pure modestie de sa part. »

C'est au Caire qu'ils firent connaissance avec Edouard Herbeau, aide-mécanicien à bord d'un vapeur français. Esprit aventureux et hardi, il rêvait la gloire des Caillé et des Lejean ; mais pauvre, et chargé en outre de soutenir une vieille mère infirme, ses rêves ne devaient jamais se réaliser. Heureusement pour lui, Fil-d'Etoupe, qui était le confident de toutes ses pensées, en parla à Max. Edouard lui fut présenté, et, après une conversation de plusieurs heures, le mécanicien se laissa « débaucher », comme disait plaisamment Fil-d'Etoupe.

Une rente de quinze cents francs, qui devait être convertie en un capital de cinquante mille francs si Edouard succombait, fut assurée à la vieille Mme Herbeau.

— Oh ! disait Fil-d'Etoupe, machinée par un mécanicien, l'expédition ne peut manquer de réussir...

Il n'avait pas changé, le gamin ! Tel nous l'avons vu sur l'Ogôoué, tel nous le retrouvons sur le Nil.

Mais, on se le rappelle, c'était aux environs de l'Ousagara que l'attaque des Vouadirigo et l'écroulement de la passe rocheuse avaient séparé les aventuriers, et c'est en Egypte que nous les retrouvons. Pourquoi commençaient-ils leurs recherches sur le Nil quand il leur aurait été si facile de partir de la côte du Zanguebar.

A cela quelques mots répondront.

En quittant l'île de Zanzibar, Max avait noué des relations avec quelques négociants anglais, qui devaient surveiller la côte et l'avertir aussitôt que Jouffroy, Béléchasse et les débris de l'expédition seraient signalés. Près d'une année se passa, et rien...

Pourtant, les aventuriers ne devaient pas avoir péri; les traitants, les conducteurs de caravanes, toujours en relation avec Zanzibar, n'auraient pas manqué d'en informer les négociants anglais : tout se sait au désert! Il résultait même de leurs investigations que les hommes blancs et leur troupe avaient été vus, se dirigeant vers le nord.

Or, cela coïncidait avec les suppositions de Fil-d'Etoupe, qui, lorsqu'il avait quitté Jouffroy, on se rappelle de quelle façon, l'avait laissé remontant au nord-ouest...

Deux hypothèses étaient admissibles : ou l'expédition avait succombé sous les souffrances et les tortures qui assaillent l'explorateur dans ces régions maudites, ou elle était retenue, faute de marchandises suffisantes pour payer le « mhonngo » ou droit de passage, à la « cour » de quelque tyran africain.

— Cela, disait Max, est arrivé à bien des Européens, que les noirs regardent comme des êtres supérieurs, qu'ils s'efforcent de retenir par tous les moyens possibles, dans la persuasion qu'ils sont invulnérables à la guerre, qu'ils leur fabriqueront à volonté des fusils et de la poudre... Peut-être en est-il ainsi pour nos malheureux amis?...

Dans cette conjecture, Max se détermina promptement.

Partir du Caire, gagner Khartoum, suivre le Nil pour explorer l'immense région qui s'étend entre les lacs Albert et Victoria-N'yanza, et, de là, revenir s'il le fallait par la côte du Zanguebar...

Tel était le plan auquel il s'arrêta.

En multipliant soigneusement les investigations, en interrogeant les indigènes, ce serait jouer de malheur si on n'arrivait pas à connaître le sort de l'expédition.

— Et puis, disait Max plein de confiance en l'avenir, Dieu est là, il guidera nos pas...

Ce plan, soumis à l'approbation d'Edouard Herbeau et de Louis Perron dit Fil-d'Etoupe, enleva tous les suffrages et fut adopté à la majorité écrasante de trois voix sur trois votants!

Rarement, en politique, l'entente est si concluante.

La chose décidée, on passa, sans hésitation, à son exécution immédiate. Nos amis s'embarquèrent avec leur pacotille et leurs serviteurs sur un de ces grands vapeurs qui, depuis quelques années, font le service sur le Nil.

A Khartoum ils devaient enrôler une escorte et engager des portefaix pour le transport des bagages.

Max avait donné tous ses soins à la pacotille, plus variée et mieux fournie que celle qu'il avait emportée dans son précédent voyage. Il fallait penser, pour le cas probable où on rencontrerait l'expédition, à la ravitailler, et, qui sait? à racheter peut-être la liberté des explorateurs.

Les voyageurs donnèrent peu d'attention aux premières zones qu'ils traversèrent; ce fleuve, hérissé de rochers, de cataractes, leur était trop connu, pour qu'ils consentissent à imposer silence aux battements précipités de leur cœur, à l'émotion qui les gagnait, chaque fois qu'un nouveau tour de l'hélice leur annonçait un nouveau pas en avant.

Paysages délicieux d'ombre et de fraîcheur, plaines arides et tourmentées, oasis verdoyants, villages peuplés, établissements européens, chaînes de montagnes aux crêtes convulsionnées, tout cela leur passait devant les yeux sans qu'ils s'en inquiétassent seulement.

Max bouillonnait littéralement d'impatience; dans son empressement de revoir ses amis, il accusait les Turcs, il accusait les éléments, il se serait accusé lui-même si Fil-d'Etoupe ne lui avait plusieurs fois répété :

— Monsieur, l'homme fait ce qu'il peut. Nous ne sommes pas non plus des machines à vapeur pour brûler les fleuves et les déserts de sable! Prenez patience; nous arriverons.

Enfin, après de longs jours de navigation sur le Nil, de marches forcées à travers les déserts arides de Korosko, on atteignit Abou-Hamed, on dépassa Berber, et, au grand contentement de tous, on gagna Khartoum.

C'est là que nous retrouvons nos explorateurs.

II

Le lendemain tout était prêt pour le départ. Les barques — de lourds et solides bateaux en bois d'acacia, avec un mât de plus de vingt pieds de haut et supportant une voile gigantesque — construites tout exprès pour la navigation sur le Nil, étaient chargées à couler bas. Les hommes s'interpellaient, les moutons bêlaient, les bœufs mugissaient, les coqs chantaient; bref, un brouhaha des plus indescriptibles et des moins harmonieux pour une oreille européenne.

Bientôt les voyageurs parurent. Ils portaient le fez national et la longue redingote bleue qui est maintenant le costume officiel de l'Egypte; leurs visages bronzés, la facilité avec laquelle ils parlaient l'arabe, pouvaient facilement les faire prendre pour des percepteurs de taxes ou des agents de l'autorité en voyage d'observation.

Un jeune arabe, âgé d'une vingtaine d'années, qui avait déjà plusieurs fois parcouru ces régions avec des marchands d'esclaves, et qui parlait les dialectes des différents peuples, avait été engagé par Max en qualité d'interprète.

On l'appelait Ali.

— Embarque! embarque! cria Fil-d'Etoupe en agitant son fez rouge orné d'un gland monstrueux : n'entendez-vous pas le sifflet de la *machine?*

Max et Edouard prirent place sur le tillac de la première barque, où Fil-d'Etoupe les avait déjà précédés. Les amarres furent larguées, les mariniers armèrent leurs longs avirons, et la *France* et sa « conserve » la *Ville de Strasbourg* — c'est ainsi que Fil-d'Etoupe avait baptisé les deux barques — descendirent lentement le Nil-Bleu pour atteindre le point où il se joint au Nil-Blanc, un peu au nord de Khartoum.

Bientôt les voiles furent déployées, et, favorisées par une brise légère, les aventuriers se sentirent rapidement emportés.

Un départ a toujours quelque chose de solennel, de saisissant, qui frappe vivement l'imagination. Les plus vieux loups de mer, eux-mêmes, éprouvent une certaine émotion quand leur navire rompt ses dernières amarres pour s'enfoncer dans l'immensité de l'Océan... Que dire quand ce départ a pour but unique, pour seul objectif, ce mot émouvant : l'inconnu?

Enfin, on contourna la pointe de terre qui s'avance comme un fer de lance gigantesque, divisant le fleuve en deux bras immenses : le *Bahr-el-Abiad* ou Nil-Blanc s'ouvrait devant les voyageurs, calme et tout scintillant sous les rayons du soleil.

— Le voilà donc, le Nil ! s'écria Fil-d'Etoupe, ce fleuve sacré des anciens Egyptiens, qui s'est posé si longtemps comme une énigme indéchiffrable dans le pays des sphinx! Mais, aujourd'hui, grâce aux efforts de la science, le mystère n'existe plus : les sources du Nil sont connues...

Max sourit doucement.

— Modère ton éloquence, dit-il; la découverte des sources du Nil est une grande présomption; mais ce n'est pas un fait confirmé.

— Pourtant sir Baker?...

— Sir Baker en découvrant le « Mwoutan-Nzigé » (1) ou lac Albert-N'yanza, a fait franchir à la géographie un de ces pas de géantsqui font époque dans un siècle; mais cela ne veut pas dire qu'il ait réellement découvert les sources mystérieuses.

— Ainsi, votre avis? interrogea Edouard.

— Mon avis est celui de l'éminent géographe M. Vivien de Saint-Martin, qui, dans son *Année géographique*, dit qu'il doit se trouver, au centre de l'Afrique, un massif, une chaîne élevée, d'où jaillissent les plus grands cours d'eau, et que c'est là, et pas ailleurs, qu'on doit chercher la véritable source du Nil.

Les explorations à la recherche des sources du

(1) C'est ce même lac que le capitaine Speke, qui ne l'avait pas vu, appelait le petit « Louta-Nzige », tandis, qu'en réalité, il est aussi étendu que le Victoria-N'yanza.

Nil remontent de bien haut dans l'histoire, reprit le jeune mécanicien après un moment de silence.

— Dans la plus haute antiquité, ce problème était déjà reconnu pour impossible. Hérodote, Aristote, Pline et Ptolémée en ont parlé longuement et ont émis plusieurs hypothèses ingénieuses, hypothèses qui semblent aujourd'hui en parti réalisées. Néron équipa une expédition qui échoua complètement, quoique parvenue bien avant dans l'intérieur du continent.

« Je ne noterai que pour mémoire les recherches ordonnées par le vice-roi d'Egypte, 1839 ; celles du Français d'Arnaud, 1841 ; de l'Anglais Beke, du Français Brun-Rollet et des frères Abadie, sans parler des efforts persévérants des pionniers isolés, la plupart inconnus, pour arriver à sir Samuel Baker.

— Celui qui découvrit le lac Albert Nyanza? interrompit Fil-d'Etoupe dont la langue ne pouvait se tenir en repos.

— Celui-là même, enfant.

— Mais, objecta encore Edouard, les sources du Nil furent découvertes par un Ecossais, je crois.

— Oui, James Bruce crut la trouver en Abyssinie, à un degré environ au sud de Gondar, l'an 1700.

— Mais alors?

— Le voyageur écossais s'était trompé. Il n'avait à ses pieds que les sources du Nil-Bleu ou faux

Nil, bien différent du Nil-Blanc ou vrai Nil que nous suivons aujourd'hui.

Il se fit un moment de silence; puis Fil-d'Etoupe poursuivit avec sa légèreté ordinaire :

— Et si c'était à nous qu'allait échoir l'honneur de découvrir ce point aussi mystérieux que celui où se cache le pôle?...

Max eut un triste sourire.

— Il ne faut pas songer aux observations ; aux recherches maintenant, petit, dit-il d'une voix sombre. Nous ne devons avoir qu'une pensée, un but : retrouver nos amis ou les venger s'ils ont péri !...

— Pauvre monsieur Jouffroy !... brave monsieur Béléchasse ! A-t-il conservé sa perruque, au moins? ajouta l'incorrigible gamin avec sa mobilité d'esprit ordinaire.

Puis, ils se turent, et, les yeux fixés sur les rives du fleuve, contemplèrent les paysages qui se déroulaient devant eux comme les tableaux animés d'un kaleidoscope.

Le Nil, en cet endroit, avait plus de trois quarts de lieue de large ; ses eaux, légèrement jaunâtres, roulaient des quantités de troncs flottés, qui, s'accrochant aux tapis herbeux, composé de détritus de végétaux, des plantes aquatiques où dominaient de larges nénufars jaunes et rouges, de superbes cactus, des roseaux élancés, formaient des îlots mobiles comme nos aventuriers en avaient tant vus sur les fleuves et les lacs de l'intérieur.

— Vieux souvenirs, où êtes-vous? soupira Fil-d'Etoupe sur un ton plein de rêveuses tristesses.

Des arbres magnifiques, des forêts de mimosas, « d'arbres liéges », (1) d'acacia-arabica » hérissaient de leurs massifs exubérants les deux rives du fleuve.

Mais ce décor merveilleux, où toutes les teintes du feuillage se fondaient en un vert harmonieux, n'était qu'une véritable duperie : derrière cette muraille verdoyante, s'étendaient de dangereux marais, des fondrières, séjours préférés des fauves, des caïmans, des monstrueux hippopotames; quand venait la nuit, des légions de moustiques s'abattaient sur ces marécages, et malheur au voyageur assez imprudent pour délaisser le milieu du fleuve et venir s'établir à terre.

Quelques jours après, on entrait en pleine contrée sauvage : les Dinkas à droite, les Chilloucs à gauche, succédaient aux tribus arabes ou soumises aux arabes; à cet endroit aussi, le costume des riverains descendait subitement à zéro. On eut dit les « Va-tout-Nu » de D. Livingstone.

Fil-d'Etoupe en fit l'observation et décida, non sans peine, Max à le suivre à terre.

— Des retards! toujours des retards! murmura l'aventurier.

— Bah! répliqua Fil-d'Etoupe, aussi curieux

(1) Ces arbres, que nous nommons : « arbres liéges » sont les bois « d'Ambatch » dont le poids est plus léger que celui du liége.

qu'un singe, nous rattraperons ça en voyageant de nuit.

Les Chillones forment la population la plus nombreuse de l'Afrique; mais nulle part aussi les conditions matérielles de l'existence ne se trouvent réunies avec une telle profusion. Pêcheurs, chasseurs, agriculteurs, pasteurs, ces sauvages ne dédaignent aucune industrie, pourvu qu'elle leur soit profitable. Mais ce qui les distingue de leurs congénères, c'est leur amour, leur passion poussée à son dernier paroxysme pour le bétail.

Leurs villages, composés de petites huttes aux toits arrondis, à la porte basse et étroite, se groupent, se rapprochent sans cesse, si bien que, à première vue, on croirait avoir sous les yeux une ville immense. Des treillages de bambous, servant à parquer le bétail, unissent ces huttes les unes aux autres, ne laissant, pour ainsi dire, qu'une seule place de libre dans tout le village.

C'est là que, le soir, se réunit toute la population, pour cancaner, fumer des pipes, chanter ou danser au son du tambour.

Ces réunions nocturnes ont un caractère étrange. Tous ces noirs couchés, accroupis, gesticulant, s'agitant, éclairés par des feux de bouse de vache destinés à écarter les insectes, ces roulements de tambours qu'accompagne quelquefois une trompette criarde, cette fumée qui monte sans cesse du sol, tout cela saisit l'imagination déjà prédisposée au merveilleux et la fait rêver de quelque scène infernale...

Le costume des Chilloues, comme nous l'avons dit, est des plus rudimentaires. Les femmes, pourtant, essayent de se couvrir de petits tabliers de cuir; mais les deux sexes se barbouillent avec fureur le corps de cendre. Aux riches, la cendre de bouse de vache, qui laisse la peau presque rouge... c'est le suprême cachet de l'élégance native... Pour le commun des mortels, comme il ne peut se « poudrer » qu'avec de la cendre de bois ordinaire, il échange sa couleur noire contre une teinte grisâtre qui rappelle celle de l'hippopotame.

Mais, comme chez les « Va-tout-Nu », l'arrangement, la disposition de la coiffure, est ici la préoccupation constante. Le plus souvent on s'arrête à une sorte de casque, pourvu d'une visière en métal poli et cousue dans la chevelure ; puis, l'édifice est orné de perles, de plumes, de touffes de poil, ce qui, vu de loin, n'est pas sans quelqu'élégance.

Les femmes laissent leurs cheveux croître naturellement.

Les Dinkas, au contraire, ne donnent aucun soin à leurs toisons, si ce n'est l'embellissement obligé de quelques plumes, d'une touffe de poils. Habitants des marais, ils ont les jambes grêles de l'échassier. Comme leurs voisins les Chilloucs, ils poussent presqu'à l'adoration leur culte pour le bétail.

Et, comme Edouard s'en étonnait :

— Croyez-vous qu'il faille venir en Afrique pour voir cela? exclama Fil-d'Etoupe avec un sourire gouailleur. Je connais bien des braves paysans normands ou champenois qui ne dérangeraient pas « monsieur le Docteur » à leur intention ou à celle de leur famille. Mais, qu'une vache ou un veau vienne à tomber malade, ils trouveront que ce n'est pas assez d'un vétérinaire.

— Vous concluez de là ?

— Que les hommes, à quelques exceptions près, sont partout les mêmes.

Comme beaucoup de peuplades sauvages, les Dinkas ont l'habitude de s'arracher deux incisives de la mâchoire inférieure, coutume qui ne les embellit pas, loin de là... Les hommes et les femmes se tailladent les oreilles pour se fourrer force ornements ; en outre, le sexe faible se perfore la lèvre supérieure et y introduit un long fil de fer, agrémenté de perles aux couleurs voyantes, « bijou » singulier qui fait l'effet d'une corne de rhinocéros.

Edouard et Fil-d'Etoupe se seraient oubliés au milieu de ces peuplades étranges, si Max, qui, dans son impatience, s'imaginait que chaque minute qui s'écoulait était un vol qu'il faisait à ses amis, ne les eut rappelés à l'ordre.

— En route !... en route ! s'écriait-il.

Ils regagnèrent leurs barques, qui, quelques instants après, continuaient de remonter le Nil, poussées par une brise légère.

III

Le voyage se continua encore pendant trois se-
maines sans aucun incident digne de remarque.
C'étaient toujours les mêmes aspects, des rives
plates et sablonneuses, des marais aux exhalai-
sons pestilentielles, de magnifiques massifs de mimosas et de tamarins sur lesquels se détachait la
sombre verdure du papyrus. Parfois une barque
passant lentement, des hippopotames s'abandonnant au courant à peine perceptible du fleuve, des
crocodiles étendus comme des troncs morts partout où le soleil échauffait les bancs de sable, ac-
cidentaient la monotonie du voyage.

En maints endroits les barques coupaient de leur
étrave des barrages de débris végétaux que char-
riait le fleuve. Il fallait alors s'ouvrir un passage à

force de bras, hâler la *France* et la *Ville de Stras-bourg*, au milieu de parfums capables de donner la mort à l'Européen le plus endurci.

— Ah! si M. Béléchasse était ici, s'en donnerait-il, lui qui aimait tant ces petites excursions champêtres! Pauvre homme! reprenait Fil-d'Etoupe, je le raille quand, peut-être, il est mort dans ces régions perdues, sans une main amie pour presser la sienne, sans personne pour lui fermer les yeux!

— Vous les croyez donc morts? interrogea Edouard.

— Peut-on savoir qui vit ou qui meurt ici? Devant M..Max, je feins une confiance illimitée, j'assure qu'il est impossible que nous ne les rencontrions pas... hélas!... Tiens, du nouveau!...

C'était, en effet, Max qui s'amusait à tirer les grues mélancoliques qui, perchées sur un tronc d'arbre, ou sur une île flottante, regardaient passer les voyageurs en lissant, de leur long bec, les plumes noires de leurs ailes.

Au bruit des détonations, des nuées de Notiers, qui, en cet endroit, couvrent les deux rives du fleuve, se précipitèrent pour voir les blancs.

— Oh! les vilains cocos!... sont-ils laids! exclama Edouard ébahi.

— Oui, riposta Fil-d'Etoupe, j'ai vu bien des noirs dans ma vie, mais je n'en ai jamais vu taillés sur ce patron.

— On dirait des singes!...

Comme les deux barques ne s'arrêtaient pas, les

Noûers couraient sur la berge, exprimant leur étonnement par des gestes insensés qui faisaient ressembler leurs longs bras aux ailes des moulins-à-vent.

Ces nègres étaient vraiment hideux, tous gris sous la couche épaisse de cendre qui couvrait leurs membres, avec leurs cheveux d'un roux ardent — couleur qu'ils obtiennent par de fréquentes et abondantes lotions d'urine de vache.

On voyait leurs épaules surchargées de colliers, leurs longs bras dont la couleur disparaissait sous des bracelets de toutes sortes : bracelet de cuir, bracelets d'ivoire, bracelets de cuivre, sans oublier le bracelet de fer hérissé de pointes aiguës comme les colliers des boules dogues.

D'ailleurs, c'était là tout...

Les femmes pourtant se ceignaient la partie inférieure du corps avec quelques lambeaux d'étoffes d'herbe tissée.

Elles avaient le visage littéralement couturé de lignes profondes, tatouage qui semblait aussi particulier aux hommes, et portaient à la lèvre le même ornement que les « Dames Dinkas ».

— Mais, disait Edouard, pensif, à quoi donc peuvent leur servir ces horribles bracelets?

— A déchirer leurs ennemis, sans doute, répondit Fil-d'Etoupe.

Ils eurent bien vite toutes les explications désirables. Sur la rive, un chef causait avec une jeune femme, et sa parole, son geste irrités disaient éloquemment que le vent ne soufflait pas à la tendresse. Tout à coup le chef leva la main. Craintive, la malheureuse courba les épaules pour éviter les coups ; mais le bras armé s'abattit à plusieurs reprises, et les aventuriers virent le sang couler sous les pointes acérées...

— Le lache! rugit Fil-d'Etoupe en armant son fusil.

— Bas les armes, dit Max avec autorité. Tu veux donc nous faire égorger?

— Pourtant, monsieur, voir martyriser une faible créature sous mes yeux, c'est ce que je ne peux pas!... Mon sang bout, rien qu'en regardant ce misérable...

— Est-ce une raison pour te souiller d'un meurtre?

Fil-d'Etoupe courba la tête et abaissa sur le pont la crosse de son fusil, tout en monologuant suivant son habitude.

Bientôt une immense ceinture de roseaux, s'étendant sur les deux rives du fleuve, intercepta la vue du paysage et sépara les voyageurs de leurs tristes voisins. La nuit vint, noire et sans rayonnement d'étoiles; il fallait se décider à mouiller sur le fleuve ou à chercher un abri à terre.

Après quelques réflexions, on s'arrêta à ce dernier parti.

Un village Noûer était heureusement assez proche.

A première vue, l'aspect du village était assez satisfaisant. Accroupies à l'entrée des cases, leurs marmots sur le dos, les femmes, pendant que les hommes fumaient, nonchalamment étendus sur le sol où brûlaient des amas de bouse de vache, des pots de « merissa » (1) à leur portée, les femmes, disions-nous, écrasaient le grain sur la « mourhaka » (2), manœuvrant les lourdes meules au refrain d'une chanson monotone.

A l'entrée des étrangers tout le monde fut debout. Grâce à Ali, l'interprète arabe, on put s'entendre. Entourant les voyageurs, les Noüers les accablèrent de questions, mendiant tout ce qu'ils voyaient, armes, bijoux, vêtements, et montrant les sacs dont ils s'étaient munis sans doute pour ramasser ce qu'on leur donnerait.

— Ah ça ! exclama d'un ton piteux Fil-d'Etoupe, entouré, pressé, si nous cédons à leurs demandes, nous serons, avant une heure, aussi privilégiés qu'eux sous le rapport du costume... Ali, mon ami, expliquez à ces « messieurs » ainsi qu'à ces « dames », la politesse l'exige, que nous voulons à souper et qu'ils nous débarrassent de leurs aimables personnes.

Et, pour donner plus d'autorité à ses paroles, il fit siffler sa « courbache » ou cravache en peau de rhinocéros, mouvement qui fut bien vite compris des noirs.

Après une nuit passée dans une misérable hutte, en compagnie de rats et de vermine, les voyageurs retournèrent à leurs barques, sensiblement allé-

(1) Bière de ces régions.
(2) Pierre meulière.

gés de tous les petits objets qu'ils avaient emportés.

La navigation reprit sur le fleuve. Du fond des
marécages surgissaient, comme des tours de for-
teresse, les habitations des fourmis blanches, habitations si élevées qu'elles défient l'inondation et
servent parfois de refuges aux malheureux habitants de la contrée.

Ceux-ci étaient des Kétohs. Ignorants et non-
chalants, ils dédaignent les trésors naturels que
leur donnerait le sol en échange de quelques jour-
nées de travail et vivent, comme les « Boschimen »
de l'extrême sud, de lézards, de rats, d'insectes et
de pourriture. Quoique possédant de nombreux
troupeaux, conduits, comme en Suisse, par un
taureau privilégié, orné de plumes et de clochettes,
ils se refusent à les tuer, et meurent souvent de
faim à leurs côtés.

Un de ces animaux meurt-il de maladie ou d'un
accident, alors, c'est bien différent. Vite, les couteaux s'aiguisent, et les Kétohs, se ruant sur le
cadavre, l'ont bientôt dépouillé et dévoré depuis
la peau jusqu'aux os...

— Pays de squelette, en vérité! dit Edouard à
Fil-d'Etoupe, en lui montrant ces malheureux,
maigres, affamés au dernier des points.

— Aussi, c'est sans doute pour dissimuler leur
maigreur effroyable qu'ils se couvrent le corps
d'une peau de fauve?

— Et la tête de panaches ondoyants, agrémentés
de perles à trois sous la douzaine?

— Enfants, dit Max d'une voix sévère, plaignons ces malheureux ; mais ne les raillons pas !

Les deux amis courbèrent la tête sous ce reproche judicieux et cessèrent de parler, pendant que Max arpentait le pont en criant aux mariniers de se hâter.

— Ces barques marchent comme des chalands ! ne cessait-il de répéter dans son impatience extrême. Nous n'arriverons jamais.

— Traiter la *France* de chaland ! pensa Fil-d'Etoupe. Nous avons pourtant fait bien du chemin...

Les rives du fleuve étaient toujours d'immenses marécages, mais la population se renouvelait sans cesse. A l'ouest, c'étaient les Aliabs, peuples pasteurs plus qu'agriculteurs, qui possèdent de beaux troupeaux ; plus loin c'étaient les Cheurs, toujours armés de massues d'ébène, de lances redoutables par les blessures qu'elles font, d'arcs et de flèches. Mais ce qui intriguait le plus Fil-d'Etoupe et son ami Edouard, c'était de voir toutes les femmes pourvues d'un certain appendice qui balayait le sol derrière elles.

— Ces queues seraient-elles naturelles ? exclamèrent-ils.

— Regardez donc, dit Max, et voyez si ces appendices en cuir tressé ou tout simplement les restes d'une dépouille animale, peuvent être naturels !.. Ce sont des queues postiches comme celles des Niam-Niams, qui ont tant intrigué les voyageurs.

— Ah! oui, les fameuses queues des Niam-Niams! reprit Fil-d'Etoupe en éclatant de rire. En a-t-on parlé...(1).

Cependant, plus on approchait de Gondokoro, plus la surexcitation fiévreuse de Max grandissait. Indifférent à tout, c'est à peine s'il daignait honorer d'un regard distrait, le paysage, qui, pourtant, en valait bien la peine.

Souvent, quand la nuit se faisait, étendant ses grandes ailes sur la campagne, et que la lune argentait le cours paisible du fleuve, les bois et les taillis s'illuminaient de lueurs incandescentes. Alors, autour des buttes enflammées apparaissaient des êtres aux formes indescriptibles, criant, dansant, pêle-mêle avec des chèvres et des chiens. Le vent du soir qui agitait en voiles ondoyantes la fumée blanchâtre, faisant crépiter les flammes, ajoutait encore à la fantasmagorie d'une telle scène.

— On dirait toute une séquelle de sorciers et de damnés, se livrant à leurs incantations autour de quelque bûcher sinistre! fit observer Fil-d'E-toupe.

— Oui, lui répondit Max : ainsi comprise, la chose aurait son côté pittoresque. Malheureusement, la réalité nous apprend que ces « damnés » sont tout simplement d'honnêtes sauvages, brû-

(1) Ce fut pendant bien des années une croyance universelle en Europe, que certains peuples du centre de l'Afrique étaient, comme les singes, doués d'un appendice naturel.

lant leurs provisions de bouse de vache pour écarter les moustiques. Le pittoresque y perd, mais la couleur locale est sauve.

Enfin, le 7 février, quarante-trois jours après le départ de Khartoum, Fil-d'Étoupe désigna de la main un sombre massif de montagnes que domine le mont Lardo.

— Oui ! s'écria Max qui comprit aussitôt : Gondokoro ! appelé aussi Ismaïlia.

La première étape était franchie.

IV

Nos voyageurs furent obligés de s'arrêter quelques jours à Gondokoro, compléter leurs provisions de vivres et de verroterie, et engager une escorte et des porteurs, chose facile dans cette population flottante de dévoyés de toutes les classes africaines qui attendent, à cette station, la dernière, l'occasion de s'attacher à un étranger, comme la sangsue s'attache au membre qu'elle a saisi.

Gondokoro, qui veut dire : Station sur le Nil-Blanc, est le lieu où s'arrêtent les caravanes de marchands d'ivoire, de conducteurs d'esclaves, de traitants de toute espèce, avant d'envoyer leurs marchandises, soit dans le Soudan, soit en Abyssinie, soit en Egypte. Cette population flottante, qui s'élève souvent à plusieurs milliers d'individus, donne à la ville l'aspect d'une ruche immense, où chacun s'agite et bourdonne au milieu des cris, des altercations et quelquefois des rixes.

Mais, après le départ des caravanes, jusqu'à de nouveaux arrivages, Gondokoro s'endort dans une sorte d'oisiveté nonchalante. Là, où on voit seulement quelques Béris, le corps horriblement tatoué, barbouillé d'ocre rouge, un panache flottant dans la chevelure, glisser comme des spectres le long des cases en bambou, on a peine à croire que, quelques jours auparavant, toute une population cosmopolite vivait dans une agitation continuelle.

Fil-d'Etoupe et Edouard Herbeau mirent à profit cet arrêt forcé pour se livrer à d'intéressantes études sur les mœurs de leurs farouches voisins.

Quant à Max, retiré dans sa case, il attendait avec une impatience extrême, comptant presque les minutes, et, pour la première fois peut-être, regrettant ces chemins de fer qui suppriment les distances.

— Il faut vous faire une raison, Monsieur, lui disait Fil-d'Etoupe sans cesse. Cette torpeur dans laquelle vous aimez tant à vous plonger nourrit votre douleur et paralyse votre énergie. Croyez-moi, Dieu qui tient en main nos destinées à tous, nous réservera, j'en suis sûr, l'extrême joie de réussir dans notre tâche.

— Tu as peut-être raison, enfant; mais c'est plus fort que moi. Depuis que j'ai perdu mon meilleur, mon unique ami, j'ai perdu en même temps le repos et la paix du cœur.

— Il faut laisser faire la Providence, Monsieur; tenez, si vous vouliez seulement vous joindre à nous, la diversité des aspects tromperait vos chagrins. Quels types curieux à contempler que ces sauvages! quelles mines cocasses ils ont; crépits qu'ils sont des pieds à la tête d'une couche épaisse d'ocre rouge mélangé de graisse! On dirait, à les voir, ces statues en terre cuite qui ornent nos jardins... Et leurs femmes, savez-vous qu'elles ont tout à fait bon air avec leurs petits tabliers faits de mailles d'acier comme les cottes des anciens chevaliers?

Max ne pouvait s'empêcher de sourire à ce bavardage enthousiaste de l'incorrigible gamin.

— Et leurs queues donc! exclama Edouard à son tour. Mais je voudrais bien savoir pourquoi ils se tatouent si horriblement la poitrine... Ils sont assez affreux comme cela sans essayer de s'enlaidir davantage.

— Affaire de goût! riposta Fil-d'Etoupe. Je conseille à celui qui publiera un jour le « Courrier de la Mode », chez les Béris, de ne pas oublier les dessins de tatouage en feuilles supplémentaires... savez-vous que — avec un peu de patience — on pourrait arriver à des dispositions fort ingénieuses?...

— Surtout en s'assurant la collaboration des naturels de l'Océanie, les peuples les plus tatoués de la terre, ajouta Edouard.

Comme toujours, ces boutades comiques des deux amis avaient le don de dérider Max, qui se laissait entraîner sans trop de résistance.

Les voyageurs étaient charmés de la propreté coquette des habitations des sauvages.

Ces huttes circulaires aux toits de chaume doré par le soleil, aux ceintures infranchissables d'« Euphorbia », s'harmonisaient admirablement avec le paysage africain.

Le plancher de ces demeures était composé de cendre ou de sable mélangé de bouse de vache et battu jusqu'à parfaite consistance; on voyait que les balais des noires ménagères passaient souvent par là.

Mais, ce qui les étonna le plus, ce fut de voir les naturels aller et venir, à la promenade comme en voyage, toujours munis d'un tabouret, d'une pipe et de flèches.

— Ces sauvages, exclama Edouard, sont donc nés avec un tabouret à la main! Ils ne le quittent pas, ils s'en parent en quelque sorte, comme chez nous on se pare d'une montre, d'un bijou...

— C'est ce qu'ils possèdent de plus précieux, répondit Max.

— De sorte, ajouta Fil-d'Etoupe, que, comme certain philosophe de l'antiquité, ils peuvent se vanter de porter toute leur fortune sur eux.

— Ou avec eux, enfant.

Les naturels se montraient à chaque instant sous de nouveaux aspects, dévoilant chaque jour les secrets de leurs mœurs, dont le moins curieux n'est pas l'aventure qui arriva à nos trois amis.

Un jour, qu'accompagnés d'une faible escorte, ils avaient poussé leurs investigations jusqu'aux montagnes de Bélénia, ils ne trouvèrent rien de mieux que de s'asseoir au pied d'un arbre pour se remettre un peu de leurs fatigues.

Tout à coup, les environs se remplirent de noirs de toutes les tailles et de tous les âges, et, dans cette cohue, s'avançant avec force cris et force menaces, les « dames », comme on peut le croire, n'étaient pas en minorité.

— Que veulent-ils donc? demanda, à Ali, Max qui prépara ses armes.

— Simplement réclamer le tribut.

— Quel tribut?

— Une redevance en verroterie pour nous être assis à l'ombrage de cet arbre.

— Ah ça! exclama Fil-d'Etoupe en armant son fusil, ou ces « messieurs » ou toi se moquent de nous! Un impôt pour se reposer! mais ils sont fous, ces bonshommes! Qu'ils viennent donc! je me charge de leur couler du plomb dans la tête pour donner plus de poids à leurs idées.

Ali haussa les épaules.

— C'est la loi, ici, dit-il.

— Et il faut se soumettre aux lois, aussi bizarres qu'elles puissent paraître, répondit Max en souriant.

On s'entendit sans peine, et les « messieurs » et les « dames » Béris, comme disait Fil-d'Etoupe, encore mal revenu de sa mauvaise humeur, comblés de presents, fraternisèrent bientôt avec les explorateurs.

— Etrange pays! murmura le gamin, tout en acceptant des mains d'une jeune et jolie Bérie, une gourde pleine de « mérissa »; payer pour marcher! payer pour s'asseoir! et payer peut-être encore pour dormir!...

Cet incident défraya pendant plusieurs jours toutes les conversations. Grâce aux attentions délicates des deux amis, grâce surtout aux longues courses qu'ils le contraignaient de faire, tantôt dans une direction, tantôt dans une autre, Max se sentait revivre. Il avait oublié sa sombre misanthropie; il se sentait plein de foi et de confiance dans les promesses de l'avenir.

Hélas! c'est en ce moment qu'une nouvelle désastreuse le frappa comme un coup de foudre.

C'était un matin, le quinzième jour de l'arrivée des aventuriers à Gondokoro. Réunis dans la case de Max, ils causaient tous trois avec abandon, s'applaudissant de n'avoir plus que deux jours à attendre pour leur départ dans l'intérieur.

Soudain la porte s'ouvrit, et un courrier Berber entra. Il venait de Khartoum où une lettre était arrivée à l'adresse de Max.

Celui-ci s'en empara avec une anxiété fiévreuse, rompit le cachet et poussa un cri de joie.

— De Zanzibar! fit-il.

Mais ce cri se changea bientôt en une exclamation de douleur. Fil-d'Etoupe, qui guettait son maître, le vit bientôt pâlir et chanceler; la lettre s'échappa de ses mains tremblantes et vint tomber à terre.

— C'est trop affreux! dit-il en ensevelissant sa tête dans ses deux mains.

— Mon maître... Monsieur...

— Lis... murmura Max en lui montrant le papier déplié qui gisait à terre.

Fil-d'Etoupe le prit et lut ces simples mots :

« Nouvelles des absents. Les gentlemen Jouffroy et Béléchasse ont succombé au climat meurtrier de l'intérieur. Les noirs qui les escortaient sont revenus ici avec une caravane venant de Kahouélé; suivant vos instructions, nous les avons immédiatement repatriés. »

C'était tout. Jamais nouvelle plus affreuse n'avait été donnée avec moins de ménagement.

— Pauvre monsieur Max ! murmura Fil-d'Etoupe qui, en ce moment, ne pensait qu'à son maître. Quel horrible coup !...

— Il est capable d'en mourir! dit à son tour Edouard en contemplant le malheureux jeune homme, assis dans un coin, la tête entre les mains, plus semblable à une statue qu'à un homme. Sans les spasmes nerveux qui soulevaient sa poitrine, les sanglots convulsifs qui s'échappaient de ses lèvres, on eut pu croire qu'il avait cessé de vivre.

— Non, murmura Fil-d'Etoupe en secouant tristement la tête; non, la douleur ne tue pas, car je serais mort sur ces rochers de granit que je croyais la tombe de mon maître. Que faire, mon Dieu? reprit-il après un moment de silence.

— Que faire! exclama Max, qui se redressa sublime de douleur et d'énergie, que faire?... rechercher leur tombe et mourir où ils sont morts... Oh! pourquoi ai-je tant tardé!... pourquoi ai-je hésité quand je pouvais encore les sauver!... Morts !... non, cela est impossible... Dieu ne l'aurait pas permis...

— En effet, murmura Fil-d'Etoupe qui ne vit que ce moyen d'endormir la douleur de son maître, combien de voyageurs qu'on croyait perdus à jamais, enterrés à plus de six pieds sous terre, et qui sont revenus... Le docteur Livingstone, dont on a annoncé vingt fois la mort, en est un exemple.

— Les lâches! reprit Max avec indignation, ils les ont abandonnés; mais ils vivent, je le sens aux tressaillements de mon cœur... Du courage, donc. Celui qui peut tout, Celui qui au désert, aussi bien que dans les p.us grandes cités, veille toujours sur ses enfants, Dieu, ne permettra pas que nos efforts restent stériles...

Fil-d'Etoupe et Edouard Herbeau, émus devant cette grande douleur, se regardaient tristement, les yeux pleins de larmes. Pour eux, le doute n'était plus permis : Ceux qu'ils étaient venus chercher au sein de ces régions perdues, avaient succombé.

— Vous hésitez!... s'écria Max. Eh bien soit! seul, je suffirai à la tâche que je me suis imposèc... Partez... aussi bien, je n'ai pas le droit de vous entraîner dans ma ruine. Vous êtes jeunes tous deux, vous êtes encore dans un âge où les espérances et les illusions sont permises, l'un de vous a encore une amie, une mère, qui, à cette heure peut-être pleure son absence... Non, ce serait un crime... laissez-moi poursuivre ma destinée... Partez...

— Pouvez-vous penser cela, Monsieur ! s'écrièrent les deux jeunes hommes en pressant doucement les mains glacées de Max. Vous abandonner?... Non, nous avons partagé vos beaux jours, nous partagerons vos épreuves.

— Cette lettre ment peut-être? poursuivit Fil-d'Etoupe. Peut-être les nouvelles qu'elle donne sont-elles fausses?...

— Oh ! tant que je n'aurai pas vu leurs cadavres, tant que je ne me serai pas agenouillé sur leurs tombes, je douterai... s'écria Max avec une exaltation farouche.

— Vous voyez bien qu'il faut que nous partions.

Pour toute réponse, Max pressa doucement les mains des deux jeunes hommes.

Trois jours après cette conversation, c'est-à-dire le 25 février, les aventuriers, moines et farouches, quittaient Gondokoro pour commencer leurs recherches dans les déserts immenses du sud.

———

V

La caravane se composait d'une centaine d'hommes, porteurs et « soldats » enrôlés parmi cette gemme de propres à rien de toutes les tribus, qui hantent les grandes stations commerciales de l'Egypte. Naturellement, il avait fallu les armer et les habiller; et, sous leurs costumes turcs ou arabes, avec leurs armes entretenues avec soin, ils formaient la plus belle troupe de coupe-jarrets qu'il soit possible de voir.

— Quelles mines de gibiers de potence, disait Fil-d'Etoupe à son ami Edouard.

Les aventuriers montaient des chevaux de prix; des ânes, des bœufs, et quatre chameaux transportaient les bagages.

Qui ne connaît pas, par les descriptions des voyageurs, le chameau, cette bête sobre et puissante, si justement nommée le « vaisseau du désert », sans laquelle l'Arabe n'aurait jamais pu parcourir les immenses océans de sable de l'Afrique ?

Bien instruit dès sa plus tendre jeunesse, le chameau devint bientôt, pour l'Arabe, un compagnon sobre et infatigable. On peut dire qu'il est le trésor des familles ; en effet, quoiqu'il se contente de peu, ce peu est chèrement rendu à son maître : son lait et sa chair le nourrissent, son dos le transporte, son poil l'habille, et il n'est pas jusqu'à ses excrément qui n'aient leur utilité pour le chauffage.

Une des particularités la plus étrange de cet animal, c'est qu'il connaît exactement la mesure de ses forces. Si on excède le poids de sa charge, il restera couché sur le sable et refusera de se lever, malgré les menaces et les coups, tant qu'une main intelligente n'aura pas rétabli l'équilibre auquel il est accoutumé.

Max était toujours soucieux, quoique l'espérance le soutint ; mais Edouard et Fil-d'Etoupe, qui n'avaient pas les mêmes raisons d'espérer, se regardaient tristement en se demandant comment tout cela finirait.

— A la grâce de Dieu ! disait toujours le gamin en manière de conclusion.

Cependant, la diversité des sites, pendant qu'ils côtoyaient autant que possible les bords du Nil, venait souvent les distraire de leur sombre mélancolie.

La contrée était essentiellement montagneuse :

des pics aigus, des cônes, des précipices et des torrents, des villages renfermant des populations bruyantes, des marécages, tels étaient les aspects qu'elle offrit pendant les premiers jours de marche.

A gauche des voyageurs, c'étaient les montagnes de Bélénia, derrière lesquelles s'étendent l'Elléria, et le riche pays du Létouka; de l'autre côté du fleuve, le mont Régiaf se dressait comme un géant alpestre au-dessus des croupes aiguës ou arrondies, dénudées ou couvertes de végétation.

— Drôle de pays! disait Edouard Herbeau quand, perché sur une hauteur, il pouvait voir la contrée se dessiner à ses pieds comme une carte géographique. Ces cimes fatiguent bientôt la vue; on dirait un océan en fureur dont les vagues se sont subitement pétrifiées.

— Vous en verrez bien d'autres avant d'arriver! répondit Fil-d'Etoupe.

Ces mots ne présageaient rien de bon. Mais Fil-d'Etoupe abusait de l'expérience, acquise pendant son dernier voyage, pour broyer du noir sur les espérances de son trop naïf compagnon.

Plusieurs affluents du fleuve se présentèrent qu'il fallut franchir et faire franchir aux bêtes de somme de la caravane que suivait un troupeau de bœufs, pour le cas probable où les chevaux et les chameaux feraient défaut. C'est une chose assez étrange; si, dans le centre de l'Afrique et sur les côtes, on en est encore à ce moyen primitif de tout transporter à dos d'homme, les peuplades du nord ont su utiliser, comme bêtes de somme, tous les animaux qu'elles ont pu domestiquer.

Mais revenons à nos aventuriers.

Le pays qu'ils traversaient était habité par la grande famille des Bóris.

On voyait leurs villages accrochés aux saillies des pics rocheux, suspendus au-dessus des a.   s, ou disséminés dans les vastes vallées, à l'ou re des mimosas et des tamarins, entourés de leurs haies d' « Euphorbia » comme de murailles impénétrables.

Ces peuplades se montraient fort hostiles aux voyageurs, et ce n'était qu'à force de caresses et de présents qu'ils obtenaient de passer outre.

Quelques farouches Létoukiens, le bras armé du redoutable bracelet de fer aux pointes aiguës et tranchantes comme des lames de couteaux, roulaient des yeux furibonds à l'aspect des étrangers.

— Voilà qui ne présage rien de bon ! pensa Fil-d'Etoupe ; il va falloir encore ouvrir des yeux d'Argus, comme jadis sur les bords du lac Sann-korra.

Mais les indigènes se contentèrent de montrer leur mauvais vouloir, sans oser en venir à des attaques ouvertes. Le nombre respectable de fusil que possédait la caravane, entrait pour beaucoup dans cette neutralité forcée.

— Une neutralité armée, quoi! disait encore Fil-d'Etoupe. Une sorte de trève pendant laquelle les deux partis se regardent comme des chiens de faïence, attendant l'heure et le moment de commencer la danse.

Enfin, après de longues souffrances, quoi qu'à peine au début de leur voyage, nos amis dépassèrent les cataractes qu'atteignit Brun-Rollet, en 1851, et, forçant les étapes, pénétrèrent dans le petit district de Moir le 9 mars.

Là, l'accueil fut plus affable, plus démonstratif, et se traduisait par une avalanche de bestiaux, de grains, de volailles, de gourdes de « mérissa » qui affluèrent au camp, ce qui n'empêcha pas quatre hommes de déserter.

— L'agrément recommence! murmura Fil-d'Etoupe, qui se rappela ses anciennes excursions, le révolver au poing, dans les villages Ossyebas, pour y chercher les fugitifs.

— Tant pis, dit Max, à qui on apprit cette nouvelle, tant pis pour ceux qui resteront! cela ne nous empêchera pas de pousser en avant.

— Je le sais, monsieur. Seulement, j'ai voulu vous prévenir. On ne sait ce qui peut arriver, nous pouvons être attaqués, et, en cette occurrence, tous nos bras ne nous seront pas de trop.

—Oh! dit Max avec un sourire résigné, au premier coup de feu, ils lâcheront bien vite pied! Ces bandits n'ont de courage que pour le meurtre et le pillage. Quoiqu'il en soit, préviens-les que, le premier surpris dans une tentative de fuite, sera sévèrement puni.

— Raison de plus pour qu'ils s'en aillent!... grommela Fil-d'Etoupe en *a parte*.

Cette nouvelle, en effet, fut accueillie par un sombre silence, et, le lendemain, quatre nouvelles disparitions étaient à signaler.

Il manquait la main ferme de Jouffroy pour retenir, dans le devoir, cette bande de chenapans.

Ce jour-là, néanmoins, on se mit en route pour tâcher de gagner le village de Laboré, au milieu de rocs aux profils étranges, de défilés profondément encaissés entre de hautes murailles de granit. Pour atteindre le village, il fallut franchir un nouvel affluent du fleuve; nouvelles peines, nouvelles fatigues.

— Vois-tu, dit à Fil-d'Etoupe Edouard qui, après mûres délibérations, s'était décidé à supprimer le *vous* cérémonieux comme n'étant pas de mise dans un pareil pays; c'est comme la chanson de M. de La Palisse : on va jusqu'à cent couplets pour recommencer ensuite.

— Ah! petit, ricana son compagnon, tu commences à t'y faire?

— Oui, et l'école est rude.

— Ce n'est rien encore, moutard... Patience...

Fil-d'Etoupe, comme Cassandre, semblait doué du don des prophéties malheureuses : le surlendemain, comme les voyageurs se préparaient à franchir l'Esoua, cours d'eau important qui traverse le lac Baringo et semble prendre sa source dans les montagnes, des nuées de naturels, armés de lances et de flèches, se montrèrent parmi les rochers au milieu desquels la rivière s'est creusé un lit.

Leur intention évidente était de barrer le passage à la caravane.

Sans montrer aucune crainte, les aventuriers continuèrent leurs préparatifs pour passer la rivière, heureusement presqu'à sec dans cette saison. Devant eux était un étroit défilé que les indigènes, avec leur tactique infernale — toujours la même — gardaient soigneusement.

Max, alors, donna le signal du départ.

A peine la caravane avait-elle franchi la moitié de la distance qui la séparait du passage, que les arcs se raidirent, lançant des nuées de flèches. Max s'élança au-devant de ses hommes pour les empêcher de tirer avant d'avoir épuisé tous les moyens de conciliation ; mais trop tard ! la poudre avait parlé et deux ennemis gisaient déjà dans la poussière.

Du côté des blancs, un homme, atteint d'une flèche empoisonnée, râlait et se tordait déjà dans les dernières convulsions de l'agonie.

— Hélas ! murmura Max tristement, le premier sang a coulé... désormais, nous devons nous attendre à une guerre sans trêve, sans pitié.

Cependant, la lutte s'était engagée. Après un combat de quelques heures, l'avantage resta aux armes européennes ; mais huit hommes avaient succombé.

Pendant que leurs compagnons leur rendaient les derniers devoirs, Max, immobile, les bras croisés sur sa poitrine, se tenait à quelques pas de là.

— Vous souffrez, monsieur ! lui dit Fil-d'Etoupe affectueusement.

— Oui, répondit le jeune homme d'une voix sourde ; je déplore cette affreuse nécessité qui nous contraint de verser le sang quand nos intentions sont pures et pacifiques... Maintenant le sort en est jeté... que nous retournions sur nos pas ou que nous continuions notre marche en avant, il nous faudra combattre, toujours combattre. Chez ces peuplades cruelles, où le sang appelle le sang, notre mort seule pourra mettre un terme aux hostilités.

Fil-d'Etoupe, pour toute réponse, leva la main au ciel.

— Oui, dit encore Max, qui comprit, confiance en Celui qui veille là-haut.

Puis, ils reprirent leur marche à travers le défilé que la fuite des ennemis laissait libre, l'esprit assombri par ces scènes de violence et de carnage.

Le soir, ils campèrent au milieu des rochers, sans dresser leurs tentes, sans oser allumer de feu, car l'ennemi rôdait dans le désert. Ils passèrent la nuit roulés dans leurs manteaux, ayant le sol rocailleux pour couche et le ciel étoilé pour tente.

Le lendemain, quand ils se réveillèrent, quatre nouvelles disparitions étaient encore à constater.

— Monsieur, dit Fil-d'Etoupe en faisant son rapport habituel, la position n'est plus tenable. Je ne vois qu'un moyen pour couper le mal dans sa racîne, et ce moyen, l'exemple de tous les voyageurs nous autorise à l'employer.

— Parle, enfant.

— Faisons surveiller nos hommes, et que le premier surpris en tentative de fuite soit attaché à un arbre et fustigé d'importance.

Max haussa les épaules.

— Que décide monsieur?

— En avant! toujours en avant.

Fil-d'Etoupe s'inclina et donna l'ordre de lever le camp, ce qui ne fut pas long, les tentes n'ayant pas été dressées.

La route se continua, tantôt à travers des vallées où les sources gazouillantes, les gazons épais, les ombrages des gigantesques tamarins, les cases en clayonnage plâtrées d'argile, préparaient aux voyageurs des scêneries pittoresques ; parfois, sur des cîmes arides, dénudées, d'où le regard, embrassant plusieurs lieues de pays, pouvait apercevoir le vieux Nil, dormant au milieu de masses de végétation luxuriante, ou rageant, écumant au milieu des noirs « chicots » (1), qui, en plusieurs endroits, entravent son parcours.

A l'ouest du fleuve, le mont Koko (2) se dressait au milieu des pics dentelés de cette chaîne qui semble parallèle à celle qui court le long du littoral du Zanguebar ; à l'est, c'étaient les cîmes du Létouka et de l'Obbo. Jamais région plus mouvementée ne s'est offerte au regard du voyageur.

(1) Chicots : nom que les Canadiens donnent aux récifs.
(2) Ou Koukou.

Les aventuriers saluèrent d'un joyeux hurrah le tamarin gigantesque, sur l'écorce duquel M. Miani — le voyageur parvenu au point le plus méridional sur le Nil, avant sir Baker — grava son nom en mars 1860.

On appelle encore ce tamarin l' « arbre de Miani ».

Le 29 mars, ils entraient dans le pays des Mâdis.

VI

« Le pays des Médis, écrit Fil-d'Etoupe, chargé
de la rédaction des notes de voyages, s'étend des
montagnes de l'est aux rives du fleuve. Il est borné
au nord par le Béri, au sud par le Kidi où nous
passerons bientôt, et le long de l'Esoua, par les
peuples Guéni. C'est une contrée agréable, coupée
par de nombreux « noullahs » (1), des plaines gi-
boyeuses et accidentées de montagnes aux pentes
couvertes de forêts.

» Nous avons visité les amas d'habitations déco-
rés du nom de ville ou de villages. Ces cases, coniques, sont très-bien tenues ; les murs, que sur-

(1) Petits cours d'eaux.

monte un toit pointu, sont faits de bambous enlacés et défendus par un revêtement d'argile ou tout simplement de gazon.

» Autant de villages, autant de chefs. Cela se conçoit, car ce ne serait pas, à coup sûr, l'autorité des Turcs ou des Egyptiens qu'invoqueraient ces malheureux. Le drapeau rouge, orné du croissant, est ici le synonyme de terreur; dès qu'il paraît, les habitants se hâtent de fuir dans les montagnes, ou, s'ils sont assez nombreux, de se préparer à repousser la force par la force. Meurtres, vols, incendies, brigandages, voilà ce que les traitants laissent sur leur passage.

» Ne faut-il pas, après tout, que leurs hideux comptoirs s'approvisionnent de marchandises humaines?

» Quant au costume, dans ces parages, c'est la nudité complète, sauf toutefois un barbouillage éclatant étendu sur tout le corps en dessins fantasques et capricieux; sauf encore les colliers, les bracelets de perles, de coquilles de cauris, les panaches ondoyants de plumes d'autruche.

» Le beau sexe, pourtant, montre des instincts de pudeur facilement reconnaissables aux étroits tissus végétaux qui lui ceignent 'a taille.

» A part cela, ce sont de très-aimables gens, *gentlemen* jusqu'au bout des ongles, jusqu'à la pointe de leurs lances. Quelques-uns ont même poussé la bienveillance jusqu'à nous offrir l'espèce de tabouret qu'ils portent partout avec eux. D'autres se

montrent à nous avec la moitié d'une citrouille sur
la tête, coiffure originale qui les fait ressembler à
ces braves paysans, se pressant, une écuelle sur la
tête, dans la boutique de quelque Figaro de village, attendant qu'il veuille bien leur couper les
mèches rebelles et dépassant l'alignement. »

Nous arrêtons ici ces extraits des notes de Fil-
d'Etoupe. Le gamin a des aperçus si bizarres, si
originaux, que, un instant encore, et il nous fera
croire que la civilisation est la même, dans l'Esoua
ou le Létouka qu'à Paris.

Les Médis n'ont guère de religion et ne connais-
sent, dans tous les actes importants de la vie, que
l'influence des sorciers. Ceux-ci, dans une occasion
solennelle, égorgeront une chèvre ou une volaille
pour essayer de lire, dans leurs entrailles palpi-
tantes, les secrets de l'avenir, feront des libations
de « mérissa », rempliront de « poudre magique »
des cornes de buffles ou d'Antilopes, et... ce sera
tout.

Après quelques jours de repos dans le village
d'un chef Médi, nommé Owoua, qui avait accueilli
les Européens comme des frères, et faisait tout son
possible pour les retenir ; Max, que l'impatience
dévorait, ordonna de tout préparer pour le départ.

On était au 5 avril.

— Je ne demande pas mieux que de partir, monsieur, répondit Fil-d'Etoupe ; mais les hommes se
trouvent bien ici et désirent y rester.

— Encore ces lâches!

— Ils prétendent que vous devriez leur permettre une petite *razzia* sur les troupeaux de nos hôtes ; oh! pas grand'chose, rien qu'une expédition de quelques jours pour s'entretenir la main. (1)

Max, les bras croisés sur sa poitrine, réfléchit longuement.

— Fais mander Ali, dit-il enfin.

Et quand ce dernier se présenta.

— Les hommes m'ont-ils juré obéissance à Gondokoro ? demanda-t-il.

— Oui, *Sidi* (2), répondit l'Arabe.

— C'est ce que je voulais savoir. Fais battre le tambour, et annonce que je ferai, sans pitié, passer par les armes celui qui ne sera pas prêt dans une heure. Va, et dis-leur que cet ordre sera exécuté, dussé-je moi-même leur brûler la cervelle avec mes revolvers.

Ali sortit sans répondre, bien persuadé que cette menace était réelle.

— Bravo, monsieur! voilà ce qui s'appelle de la fermeté! exclama Edouard Herbeau.

— Hélas! répondit le jeune homme en souriant tristement, il savent bien que je les laisserai partir jusqu'au dernier avant d'arriver à une telle extrémité.

_____

(1) Voilà ce qu'osent proposer les « engagés » aux Européens qu'ils escortent : — Rien qu'une razzia, une petite razzia », disent-ils, « et nous serons contents. »

(2) Seigneur.

Néanmoins, malgré les tristes appréhensions de Max, la fermeté apparente du chef de la caravane réagit puissamment sur le moral des hommes. En un clin-d'œil, les ânes, les bœufs et les chameaux furent chargés, mais de nouveaux vides étaient à constater dans les rangs.

On ne les comptait plus.

La caravane franchit le district des Médis. A mesure que s'éclaircissaient les chaînes de montagnes, les jungles, la contrée s'embellissait, et, par la beauté de ses sites, la magique opulence de ses feuillées prenait, aux yeux des voyageurs, l'aspect d'une terre de promission, d'un Eden champêtre, où il serait bien doux de se refaire longuement par le repos. Mais ce mot : le repos, n'était pas à l'ordre du jour. Dans son entêtement sublime, Max ne cessait de s'écrier :

— En avant!... en avant!

On avançait toujours, mais à quel prix?... Chaque jour quelques chenapans trouvaient moyen de laisser leurs charges et de s'enfuir dans la jungle, sans doute pour fraterniser avec les léopards féroces et les rhinocéros blancs et noirs ; le voisinage des marais du Nil amenait des légions de moustiques et surtout cette mouche à la piqûre venimeuse, la « tsétsé », qui s'attaque avec tant d'acharnement aux bestiaux. Bientôt le poil des ânes et des chevaux tomba par larges plaques; aucun préservatif n'était possible contre ce redoutable fléau ; il fallut laisser mourir les malheureuses bêtes, ou les abattre pour leur épargner des souffrances inutiles.

Les chameaux aussi s'affaiblissaient. Il est une zone que cet animal ne dépasse jamais : la zone du dattier qui, comme lui, se plaît au milieu des déserts ; créé pour les immenses océans de sable, il ne peut supporter ni les chaleurs terribles de l'équateur, ni le froid intense du nord. Comme certaine plante délicate, sa vie tout entière est résumée là où il naît.

Ainsi, peines et fatigues, lâches désertions, manque de moyens de transport pour le présent, craintes terribles pour l'avenir, voilà les épreuves que traversaient les aventuriers.

Et pourtant la confiance ne les abandonnait pas.

— En avant! en avant! disaient-ils à chaque nouvelle épreuve, à chaque nouvelle infortune.

Et on marchait, on marchait toujours, sans même s'occuper de ceux qui restaient en arrière.

Parfois, lorsque la caravane franchissait un mamelon isolé, ou que des maisons de fourmis géantes se dressaient comme des observatoires naturels, ils pouvaient apercevoir, à leur droite, le vieux Nil, entouré de ses marais dangereux, d'où surgissaient des forêts de bambous ou de papyrus à la sombre verdure. Le fleuve leur paraissait, autant qu'ils pouvaient en juger par la distance, large de plus de quatre cents mètres. Mais pas une barque sur ces flots qui semblaient abandonnés aux hippopotames et aux crocodiles : on eût dit que l'origine

mystérieuse du fleuve, la terreur sacrée qu'il ins-
pirait aux anciens Egyptiens, en éloignaient les
riverains.

Cette contrée, comme disait Fil-d'Etoupe, était
le vrai paradis des chasseurs.

Au milieu des rochers, on entendait rugir le
lion ; aux hippopotames et aux crocodiles appar-
tenaient les bords vaseux du Nil ; aux girafes au
long cou, aux gazelles, aux antilopes, les savanes
en fleurs, les frais ombrages ; tandis que les éléphants et les rhinocéros se plaisaient dans les jungles touffues et que les autruches recherchaient les
sites arides et solitaires.

Les aventuriers avaient souvent à supporter de
rudes assauts de la part de ces terribles habitants
du désert. Mais, grâce à leur vigilance, sans cesse
en éveil, grâce surtout aux armes perfectionnées,
aux balles explosibles, la confusion était toujours
pour leurs ennemis.

. Quand la caravane entra dans le Tchopi, elle
était réduite de plus de la moitié.

Aucune bête de somme n'avait résisté, sauf quelques bœufs que leur rareté faisait regarder comme
sacrés. C'était la dernière ressource sur laquelle
les aventuriers pouvaient compter.

Quant aux ballots de toute sorte, laissés sur le
chemin faute de bras suffisants, le mieux était de
ne pas y songer.

Fil-d'Etoupe était devenu soucieux.

— Le voyage débute mal, murmura-t-il ; encore
si on en voyait le terme. Oh ! ce n'est pas pour moi

que je crains; mais mon maître, mon pauvre maître! l'ai-je sauvé de la tombe pour le voir périr ici?

Edouard lui serra la main.

— N'aie pas peur, lui dit-il, si des miracles sont
nécessaires pour nous tirer d'affaires, on fera des
miracles... Moi, non plus, je ne veux pas laisser
mes os dans ce pays sauvage. Dans les montagnes
du Dauphiné, il est une pauvre veuve qui pleure
en m'attendant... Le coup qui me frapperait, l'at-
teindrait sûrement; voilà pourquoi je ne veux pas
mourir ici.

Ils achevaient à peine qu'un grand cri retentit:

— Le Nil!... le Nil!... criait Max, à qui la vue
du fleuve sacré faisait momentanément oublier ses
chagrins.

Les deux amis s'élancèrent vivement et aperçurent Max qui, les deux bras croisés sur sa poitrine, le regard noyé dans le vide, semblait perdu
dans la contemplation de ce fleuve mystérieux,
que si peu d'Européens avaient vu avant lui.

A proprement parler, cette rivière qui se déroulait à ses pieds, étincelant dans son cadre de
noirs rochers, pour bondir plusieurs milles plus
loin, par-dessus les cataractes de Murchison,
n'était pas le vrai Nil, mais bien cette branche qui
sort du Victoria-N'yanza, pour venir, après des
détours sans nombre, se jeter dans le « Mwoutan-
Nzigé » (1), et que sir Baker a baptisé: « Branche
du Somerset ».

_____

(1) Le lac Albert N'yanza

Le Nil se déverse donc, après sa sortie du Victoria-N'yanza, dans le « Mwoutan-Nzigé » sous le nom de Somerset, pour en sortir à l'extrême pointe nord du lac, sous la dénomination de Nil-Blanc ou vrai Nil.

Les lacs Albert et Victoria sont donc les deux grands réservoirs du fleuve.

Et le lac Akenyara, (1) la plus haute source du Nil connu jusqu'à ce jour.

Nos voyageurs, placés sur la rive nord, presqu'à égale distance des chutes de Kérouma et de Murchison, pouvaient suivre le Somerset qui, en cet endroit, court presque sans détours de l'est à l'ouest. Le décor avait quelque chose de sauvage qui frappait l'imagination d'une crainte respectueuse. L'œil, fatigué de planer sur ces pics noirs et tourmentés, sur cette masse d'eau qui semblait immobile, aimait à se reposer sur les gracieux bouquets de bananiers sauvages, de palmiers aux stipes élancés et festonnés de lianes, autour desquels voletaient des milliers de pigeons.

Le Somerset, nous l'avons dit, paraissait endormi, tant le courant était peu perceptible; la vie, l'animation semblaient s'être réfugiées dans les airs, où tourbillonnait tout un monde ailé. Pour entendre le fleuve gronder et rugir, il fallait gagner les cataractes de Murchison.

(1) Ce lac est situé par 2 degrés, 50 minutes environ de latitudes sud et 27 degrés est, 40 ou 50 minutes environ.

— Aux cataractes! cria Max en agitant son fez.

— Aux cataractes! répondirent Edouard et Fil-d'Etoupe.

A cette heure, les souffrances étaient oubliées.

VII

Les cataractes de Murchison. — Contemplation. — Mégungo. — Un chef de village. — Des effets que produit une bouteille de rhum sur un palais africain. — Scènes lacustres. — Epigoya. — Où il est parlé de « sorciers blancs » résidant dans l'Ouganda. — Espoir. — Mâts, voiles et gouvernail. — Sur le lac. — Chasse aux hippopotames. — Un sinistre. — Un homme à la mer. — Coup de feu. — Reconnaissance des riverains.

Les voyageurs traversèrent le Somerset dans un endroit où, débarrassé de rapides et de cataractes, il coulait comme un ruisseau paisible entre ses rives de granit. Leurs efforts devaient être couronnés de succès, car, le quatrième jour au matin, c'est-à-dire le 6 mai, ils entendirent les premiers rugissements de la cataracte.

Quelques heures après, ils étaient au but.

— Vivat! crièrent-ils enthousiasmés.

En effet, le tableau qui se déroulait à leurs yeux dépassait toutes leurs espérances.

« Des deux côtés du fleuve, » dit sir Baker, à qui nous devons une grande partie des détails que nous consignons ici, « s'élevaient à pic des rochers magnifiquement boisés et d'une centaine de mètres de hauteur; des blocs énormes sortaient du milieu d'un feuillage du vert le plus intense, et la rivière, précipitant sa masse énorme à travers une échancrure de ce mur naturel, immédiatement vis-à-vis de nous, était comme étranglée dans une écluse d'à peine cinquante mètres de largeur. S'élançant avec furie de ce défilé, elle plongeait d'un seul jet de trente à trente-cinq mètres de hauteur perpendiculaire, au fond du gouffre creusé au-dessous.

« D'une blancheur éblouissante, cette cataracte, formait un magnifique contraste avec les noirs rochers qui encaissent le fleuve, tandis que les bananiers sauvages et les gracieux palmiers du tropique ajoutaient de nouveaux charmes au paysage.... »

C'est cette chute magnifique que sir Baker, en souvenir du président de la Société royale de Géographie de Londres, baptisa : « Cataracte de Murchison. »

— Eh bien, mes amis! s'écria Max qui, le visage rayonnant, se tourna vers ses deux compagnons, que dites-vous de ce tableau?... Ne trouvez-vous pas que sa vue nous paie au centuple de nos peines et de nos fatigues?

— C'est sublime ! répondirent-ils.

— Mégungo est devant nous, poursuivit Max, plus calme à mesure que les étapes diminuaient, tâchons de l'atteindre. Sans doute le « Mwoutan-Nzigé » nous réserve d'autres surprises. Ali nous guidera.

— En route donc,

Mégungo, qu'ils atteignirent le lendemain en suivant une route parallèle au fleuve, est bâti sur une colline qui commande la vue du lac, si resserré en cet endroit, entre les hautes falaises qui l'enserrent, qu'un seul jour suffit pour le traverser.

C'est une ville plutôt qu'un village, un port élevé au-dessus des eaux, où vit toute une population de pêcheurs et de bateliers.

Le pays est habité par les Tchopis. Nous ne dirons rien de leurs mœurs et de leurs coutumes qui sont celles des Médis auxquels ils confinent.

A peine arrivé à Mégungo, les aventuriers se firent conduire au chef, ou roi si on préfère. C'était un homme entre deux âges; mais sale et trouvant le moyen de paraître débraillé dans un costume composé d'une simple peau de vache tannée et ornée de cauris et de grains de verroterie. On voyait, à ses yeux stupides et éraillés, à son sourire bestial, que le seigneur suzerain d'une partie du « Mwoutan-Nzigé donnait de fréquentes accolades à sa gourde de « pommbé ». (1)

Les explorateurs lui demandèrent des canots et des bateliers pour explorer une partie du lac.

— Que me donnerez-vous? demanda-t-il sans aucune vergogne.

Des étoffes furent étalées à ses yeux; mais il les dédaigna, préférant des grains de porcelaine rouge comme le corail, des couteaux, des grelots et des

_____

(1) C'est cette bière de grains appelée aussi « mérissa ».

petits miroirs de poche. Quand son indécision, au milieu de tant de trésors, fut fixée, quand il eut ordonné à ses subordonnés de faire vivement disparaître les objets de son choix, il se tourna vers les explorateurs.

— Mes canots sont mauvais et ont besoin de réparations, dit-il. Encore, quand bien même ils vous conviendraient dans cet état, je ne pourrais les céder à moins de dix têtes de bétail.

Et il termina son discours par un geste que Fil-d'Etoupe traduisit ainsi :

— C'est à prendre ou à laisser. La maison est bien connue et ne surfait jamais.

Les voyageurs se regardèrent consternés. Leurs troupeaux, nous l'avons dit, se réduisaient maintenant à quelques individus indispensables au transport des bagages.

— Laissez-moi faire, dit Fil-d'Etoupe à voix basse.

Il déboucha une bouteille de rhum presque sous le nez du chef. Celui-ci, trouvant sans doute que ce parfum était supérieur à celui du « pommbé », dilatait ses narines, passant et repassant sa langue sur ses grosses lèvres sensuelles. Quelques minutes après l'accord était fait. Le chef, à moitié ivre, une bouteille sous chaque bras, pressait, à grands coups de bambou, ses subordonnés, et les voyageurs descendirent vers le lac, assurés d'avoir des canots.

Une partie des gens devait rester à Mégungo avec la moitié des bagages et tout le bétail, tandis que les autres, sous la conduite des aventuriers, tenteraient un voyage de circumnavigation autour du lac.

Mégungo, comme nous l'avons dit, est situé sur une élévation, position qui préserve ses habitants des fièvres pestilentielles qu'engendrent les marais et les bas fonds du lac. Partout des roseaux, des bambous, des papyrus, si drus, si élevés qu'il est impossible d'apercevoir à vingt pas devant soi. Ce ne fut que quand les canots eurent atteint l'eau profonde que les aventuriers purent jouir de la vue du lac.

— Le voilà donc ce lac Albert N'yanza, que le capitaine Speke appelait le « petit Louta-Nzigé », croyant que, là où se déploient ces eaux profondes, existait un simple marais asséché une partie de l'année!... dit Max en jetant avec enthousiasme de rapides regards autour de lui.

Le panorama était vraiment délicieux. Le lac fuyait au sud, sans horizon visible, comme une mer immense. Dans l'ouest et le nord, au contraire, il apparaissait comme un saphir gigantesque dans son cadre de falaises abruptes, aux pentes herbues chargées de buissons, d'arbres surplombant et baignant dans l'eau bleue les festons éclatants de leurs lianes en fleurs. Des roseaux et des bambous jaillissaient des bancs vaseux et des banquises de plantes aquatiques s'étendaient sur des espaces immenses comme des prairies verdoyantes.

Puis, dans le sud-ouest, aussi loin que la vue pouvait s'étendre, apparaissaient les chaînes du

Maleogga et les pics des montagnes Bleues, coupés de torrents écumants et marqués de place en place d'ombres épaisses, annonçant des déchirures et des ravins.

Le soleil inclinait lentement à l'horizon ; bientôt ses rayons frappèrent en plein les eaux du lac qui se changèrent en une nappe de vermeil, et la nuit tomba brusquement comme le rideau d'un théâtre sur quelque décor féerique...

Un village était proche. On fit force rame pour l'atteindre.

C'était Eppigoya.

A Eppigoya les voyageurs furent effectueusement reçus par les *autorités constituées*. Dès le lendemain, Max s'occupa des différentes modifications qu'il voulait apporter à ses barques. Dans l'appréhension d'une tempête — chose qu'il faut toujours prévoir — il les munit d'une fausse quille de vingt-cinq centimètres, ce qui devait les rendre plus solides au flot, et, avec des cotonnades, de la pacotille et des toiles de tente, installa, à l'arrière, une sorte de drome sous laquelle on pouvait impunément braver la pluie et le soleil.

Puis, il essaya de confectionner des mâts et des voiles.

Pendant ce temps, Edouard et Fil-d'Etoupe parcouraient les environs, chassant les zèbres et les antilopes dans les hautes herbes et assistant à la fabrication du sel au moyen d'une tourbe noirâtre tirée des bords du lac. Ce condiment, ainsi obtenu, devient pour les naturels une monnaie courante, et sans effigie, contre laquelle les habitants des districts voisins échangent leurs différentes productions.

Max s'informa si les riverains n'avaient pas connaissance que deux hommes blancs se fussent montrés dans le pays.

C'était au moins la centième fois qu'il tentait cette question, et toujours sans succès.

Les anciens secouèrent négativement la tête; mais, un jeune Vouanyoro, qui revenait du sud, se rappela la légende curieuse que débitaient les Vouagandas au sujet de deux êtres surnaturels, fixés depuis plus de trois ans (1) dans leur pays.

— Ce ne sont pas des hommes, mais bien des sorciers redoutables, acheva le jeune homme en hochant la tête. Leurs mains et leurs yeux lancent la foudre et ils sont partout accompagnés de l'esprit du feu roi du pays, sous la forme d'un lion redoutable.

— Ces deux hommes sont-ils également des vieillards? demanda Max vivement.

— Qui peut voir leur face redoutable sans être aussitôt foudroyé? Cependant, ceux qui ont pu les apercevoir de loin, disent que l'un est droit et élancé comme le stipe d'un jeune palmier. L'autre, au contraire, semble vieux et voûté. Il a sur la tête un casque d'ivoire poli qui réfléchit les rayons du soleil. Mais, peut-on entrevoir seulement comment sont les esprits!... ils changent de forme comme ils veulent.

(1) L'année africaine n'est que de cinq mois.

A travers les exagérations populaires qui enveloppaient ce récit d'un tissus merveilleux, Max crut découvrir la vérité. Cet homme droit et élancé, c'était sans contredit Jouffroy, l'intrépide; il était facile, un peu de bonne volonté aidant, de reconnaître Bééchasse, dans ce vieillard faible et courbé. Ainsi, ses pressentiments ne l'avaient pas trompé : ils vivaient!

Ce fut avec des cris de joie et de triomphe qu'il salua l'arrivée de Fil-d'Etoupe et d'Edouard Herbeau.

— Ils vivent!... ils vivent! s'écria-t-il, j'en ai la certitude.

Et, vivement, il leur conta ce qu'il venait d'entendre.

Herbeau et Fil-d'Etoupe accueillirent cette légende pour ce qu'elle valait. Peut-être était-elle vraie; peut-être. aussi était-elle fausse. Le Vouanyoro pouvait ne l'avoir débitée qu'en vue d'obtenir un présent de perles ou de fil d'archal. Quoi qu'il en soit, les deux amis se gardèrent bien de contredire Max,

— Oh! je savais bien que Dieu me les rendrait! s'écriait ce dernier, fou de joie.

— Qu'allons-nous faire? dit alors Fil-d'Etoupe.

— Plus d'exploration, mes amis. Voici mon plan : Nous allons descendre d'un ou de deux degrés au sud, arrivés là, nous laisserons nos canots et nous nous dirigerons en ligne droite sur le Victoria-N'yanza, par l'Ounyoro et l'Ouganda. La distance d'un lac à l'autre est à peine d'un degré trente minutes en longitude.

— Une misère! dit Fil-d'Etoupe. Mais vous savez, monsieur, que, sur le lac, ça ira autrement... Ces matelots d'eau douce ont l'habitude de s'arrêter la nuit; à chaque village, il faut en outre changer de pagayeurs, d'embarcations, que sais-je encore! et le voyage s'allonge indéfiniment.

Max sourit, et, le menant près des embarcations :

— Regarde, dit-il, voilà mon ouvrage...

— Un mât, des voiles, un gouvernail pour chaque barque! exclama Fil-d'Etoupe, votre intention serait donc de...

— Justement.

— Compris!... Mais les hommes, les ballots et les bestiaux que nous laissons à Mégungo?..

— Un homme ira les prévenir de nous attendre. Ne faut-il pas que nous ayons une réserve pour quand nous reviendrons avec Jouffroy et Bélé-chasse?

— C'est son idée fixe! pensa Fil-d'Etoupe.

On attendit au matin suivant pour mettre définitivement à la voile.

Sur le lac, les indigènes armés de longs harpons de fer, terminés par une solide ligne en fibres de bananier, munie elle-même d'un flotteur en bois d' « ambatch » donnaient la chasse aux hippopotames qui pullulent partout. En ce moment, les noirs, le corps luisant de graisse, l'œil étincelant d'audace et de résolution étaient admirables, et nos amis ne pouvaient s'empêcher de crier :

— Bravo ! bravo !...

Mais un incident émouvant se produisit soudain. Un monstrueux hippopotame parvint à briser le fer qui l'avait frappé, et, sanglant, hideux de fureur, se précipita sur l'embarcation qui, sous ses assauts répétés, chavira bientôt, entraînant dans le lac ceux qui la montaient.

Les aventuriers ne purent retenir un cri d'effroi. Mais déjà les noirs avaient retourné et vidé le canot et pagayaient de nouveau. Seul, un homme n'avait pu regagner l'embarcation. Poursuivi par le pachyderme, il nageait rapidement ; le monstre semblait acharné après lui, et, déjà, diminuait la distance qui les séparait...

— Il est perdu ! s'écria Fil-d'Etoupe.

Une détonation éclatante lui répondit, et le pachyderme, l'œil traversé par une balle explosible, qui lui éclata dans la cervelle, disparut en se débattant sous les flots teints de sang.

C'était Max qui avait tiré.

Cet exploit concilia aux aventuriers l'amitié des noirs. Un bœuf fut tué en leur honneur, le « pommbé » de grains et de bananes coula à flots, et, toute la nuit, des cris rauques, des danses effrénées au son des « noggaras » célèbrèrent leur triomphe.

Ils en furent quittes pour ne pas fermer l'œil de la nuit.

VIII

Le lendemain les canots quittaient les plages
hospitalières d'Eppigoya, et, à la grande terreur
des mariniers, déployant leurs immenses voiles
latines que supportaient de longs mâts de bambou, s'élancèrent sur le lac comme des coursiers
impatients, laissant derrière elles de longs sillons
d'écume argentée.

Bien en avait pris à Max de consolider ses embarcations : on entrait dans la saison pluvieuse et
de fréquents orages étaient à craindre. Chaque
jour, d'ailleurs, presqu'à la même heure, la surface
du lac se soulevait en vagues écumantes (1), et la

(1) Ces orages de chaque jour ont été plusieurs fois
constatés par sir Baker.

rafale sifflait, emportant dans ses tourbillons ver-
tigineux les barques et ceux qui les montaient.

— En avant ! disait toujours Max.

C'était le mot d'ordre. Plus de stations à terre.
La nuit, on campait sur un flot, au grand effroi des
timides nautonniers du « Mwoutan-Nzigé », habitués à ne jamais s'écarter de la côte. Mais Max
avait décidé de tenir constamment le milieu du
lac, ce qui facilitait l'observation des pays envi-
ronnants. C'était toujours un cirque de crêtes rocheuses, mais admirablement tapissées de verdure. Les hautes montagnes de la Lune continuaient
à se profiler au sud-ouest, coupées de nombreux
cours d'eaux et torrents qui brillaient au soleil
comme des rubans de vif argent.

Peu d'oiseaux aquatiques : les eaux étaient trop
profondes pour eux ; mais, en revanche, les crocodiles et les hippopotames se montraient en quantité peu rassurante.

Le quatrième jour, Max remarqua des symptômes
de perturbation dans l'atmosphère. Le soleil se
couvrait de nuages, des grelons épais commençaient à tomber et, sous de fréquentes bourrasques,
les eaux se soulevaient et s'entrechoquaient, faisant jaillir une pluie d'écume. Ces signes étaient
trop familiers aux indigènes pour qu'ils s'y trom-
passent.

— L'orage !... disaient-ils en se serrant, effrayés,
au fond des embarcations.

— Réduisez la voilure ! criait Max au même
instant.

Mais cet ordre fut inutile. La rafale s'engouffrant dans la voile de la première embarcation, la gonfla comme une poche, et le mât s'abattit avec un craquement sinistre. Au même instant, un roulement sonore et prolongé retentit sourdement, répercuté de roche en roche, et vingt éclairs fulgurant déchirèrent le ciel de leurs serpents de feu.

— Aux avirons ! cria Max qui se dressa à l'arrière de la première barque, prêt à se dévouer pour le salut de tous. J'aperçois une île dans le lointain... Tâchons de l'atteindre et nous serons sauvés.

Mais ce n'était pas chose facile sur ce lac aux flots démontés. Les hommes, malgré les grelons qui leur déchiraient le visage, malgré les éclairs incessants qui les aveuglaient, malgré les assauts des lames et les rugissements du vent, étreignirent convulsivement les avirons et les deux canots glissaient rapides et silencieux comme des ombres.

La nuit, depuis longtemps, avait succédé au jour; mais les éclairs livides et violacés, incendiant parfois une partie du ciel, jetaient quelque clarté sur cette scène d'horreur et de désolation.

La foudre grondait toujours.

Moins d'une heure après, les deux embarcations, soulevées par un ressac terrible, gisaient sur le sable d'une petite grève de ce même îlot que Max voulait atteindre.

Encore une fois ils étaient sauvés.

— Elevons des huttes de roseaux, dit Max, et, si

4

la tempête ne les emporte pas, nous aurons des abris pour la nuit.

La tempête sévit pendant trois jours entiers avec une recrudescence de fureur. Réfugiés dans leur étroit domaine, les naufragés se serraient les uns contre les autres, s'attendant à chaque instant à sentir le sol s'ébranler sous leurs pieds.

Mais l'île était solide, et, de ce côté là, du moins, ils n'avaient rien à craindre.

— Ça me rappelle l'île flottante du lac Sann-korra! dit Fil-d'Etoupe, toujours gouailleur, même dans les plus grands dangers.

— Oui, répondit Max; mais Dieu qui, là, veillait sur nous, veillera aussi ici.

La tempête, fatiguée de mugir, se dissipa enfin, et les naufragés purent de nouveau s'abandonner à l'espérance.

On fit aux canots les réparations nécessaires, puis on décida que le départ se ferait le plus tôt possible.

C'était le soir; les aventuriers se retirèrent dans leurs huttes de branchages et s'endormirent confiants dans la Providence. Tout-à-coup, une détonation retentit, puis deux, puis trois, puis un feu roulant. Ils se précipitèrent sur le rivage et aperçurent Ali qui venait de décharger son dernier revolver.

— Par Allah! grinçait l'Arabe; les fils de Chiens nous ont abandonnés...

La lune éclairait les flots de ses rayons vaporeux.

Au loin, deux points noirs et mobiles apparaissaient dans la zone éclairée.

— Les embarcations, poursuivit Ali.

— C'est impossible! dit Max; les misérables n'auraient pas eu le courage de nous abandonner ainsi...

Et il courut dans la crique qui, pendant la tempête, abritait les canots. Le doute n'était plus permis; les nègres avaient profité du sommeil des Européens pour voler les canots et les avirons et s'enfuir dans la direction de Vacovia ou de Mégungo.

La situation se présentait terrible.

— Mes serviteurs aussi! murmura Max abattu : eux que j'ai nourris, protégés, défendus... oh! c'est infâme! Echouer quand je touchais au port... Que faire?

— Allah est Dieu et Mahomet est son prophète! dit l'Arabe avec cette résignation fataliste des orientaux. Ce qui est écrit est écrit. L'homme ne peut échapper à sa destinée !...

— Oui! s'écria Max, Dieu est puissant. Pas de lâches faiblesses, luttons jusqu'au bout, et si nous succombons que ce soit avec la conscience d'avoir tenté tout ce qu'il est humainement possible de tenter.

Et il alla s'asseoir sur une pointe de rocher, que les lames du lac baignaient de leurs molles ondulations. La nuit était splendide et transparente, une vraie nuit des tropiques embaumée de doux parfums. Le calme de la nature contrastait étrangement avec l'agitation de Max; il s'indignait de voir tout si paisible, si reposé, quand dans son âme bouillonnaient tant de tumultueuses tempêtes.

Fil-d'Etoupe, morne et farouche, se promenait sur le sable de la grève, tandis qu'Edouard essuyait furtivement une larme. Le malheureux pensait à sa mère, à sa mère qu'il ne devait plus revoir, et toute son énergie se brisait.

Enfin, le jour succéda à la nuit, brutalement, presque sans transition. Quelques minutes auparavant, tout était noyé de ténèbres, et maintenant des masses de lumières baignaient de leurs reflets de feu l'immense surface du lac.

Alors Max se redressa.

— M'êtes-vous dévoués? dit-il d'une voix sourde.

— Oui, répondirent les trois jeunes hommes.

— Me suivrez-vous?

— Jusqu'à ce que nous succombions.

— Merci! j'accepte votre dévouement, car je le crois sincère. Maintenant, continua-t-il, il faut sortir d'ici.

— Comment! dit Fil-d'Etoupe. Nous sommes comme le navigateur au milieu de l'Océan. C'est à peine si, au-delà de la ceinture d'eau qui nous emprisonne, nous pouvons apercevoir les cîmes bleuies des montagnes de la Lune ou des collines de l'Ounyoro. A moins d'un ballon, nous n'en sortirons jamais.

— Peut-être les indigènes nous recueilleront dans leurs barques, hasarda Edouard.

— Non, dit Max, jamais les riverains ne s'aventurent aussi loin. Il ne faut pas songer à cela.

— Faisons une pirogue, alors.

— L'îlot ne produit que des bananiers, des roseaux et quelques palmiers.

— Alors je ne vois qu'un ballon, poursuivit Fil-d'Etoupe. Pourquoi ne pas l'essayer? Nos tentes fourniront l'enveloppe, les fibres de bananiers sauvages les cordes, les roseaux les nacelles, l'air chaud le gonflera, et peut-être réussirons-nous.

— Non, reprit Max. Mais tu parles de roseaux... Les Indiens du nord de l'Amérique traversent leurs fleuves dans des canots de roseaux et de joncs tressés : pourquoi ne ferions-nous pas comme eux?

— C'est une chance à courir, reprit Fil-d'Etoupe, chez qui la bonne humeur reprenait bien vite le dessus, et si nous périssons, ce sera du moins en gens de cœur.

— A l'œuvre alors!

Les roseaux étaient assez touffus sur le littoral de l'île pour permettre de passer aussitôt du projet à l'exécution. Chacun s'empressa de tous ses efforts, et le lendemain une barque longue de cinq mètres et large d'un mètre trente centimètres se dessinait déjà sur la grève de sable qui avait été choisie pour chantier de construction.

Une idée en amène toujours une autre. La barque de roseaux terminée, Edouard proposa de la garnir de fibres ligneuses de bananier, et Fil-d'Etoupe opina pour l'enduire au paravant intérieurement et extérieurement d'un « doublage » d'argile.

Comme deux précautions valent mieux qu'une, les aventuriers n'en négligèrent aucune. Pour ne pas fatiguer leur barque par le travail des avirons, un mât fut dressé et muni d'une voile, dont les étoffes de la pacotille firent tous les frais.

Ces richesses, il fallait les abandonner, les aventuriers ne pouvant emporter dans leur canot que leurs armes et leurs munitions.

— Non, s'écria Fil-d'Etoupe, ils ne profiteront pas de nos dépouilles. Construisons avec le reste des matériaux un radeau sur lequel nous placerons les objets qui nous sont le plus indispensables. Si ce radeau met la « frégate » en péril, nous n'aurons qu'à couper l'amarre et tout sera dit...

Un choix sévère fut fait parmi les objets qu'il fallait abandonner. Comme on le pense, les armes et les munitions prirent la plus large place ; le reste fut brûlé pour ne pas laisser aux ennemis la joie de piller ces riches dépouilles.

Le lendemain, au point du jour, la barque et le radeau furent chargés. Une angoisse terrible mordait les aventuriers au cœur. Leur œuvre résisterait-elle ?... ne verraient-ils pas leur unique espoir de salut s'enfoncer et disparaître sous les flots ?... Non, l'œuvre est parfaite : hurrah ! pour les constructeurs !

En somme, c'était un bien fragile esquif, bon tout au plus pour une promenade de quelques heures sur une eau calme, mais insuffisant pour un voyage de près de trois jours. Pourtant la confiance brillait dans le regard de ces hommes énergiques et fortement trempés ; ils s'étaient mis sous la protection du Tout-Puissant; cette protection ne pouvait leur faire défaut.

— Embarque! cria Fil-d'Etoupe qui arrondit ses deux mains en guise de porte-voix; embarque!...

— Comment nommerons-nous notre bateau? demanda Edouard en prenant place à son tour.

— L'*Espérance*! répondit Fil-d'Etoupe.

Quelques instants après, une douce brise d'ouest-sud-ouest gonflait doucement la voile, et l'*Espérance* silla résolûment vers la côte entraînant sa fragile remorque.

Le lac était uni comme un miroir; c'était à peine si la brise parvenait à rider sa surface limpide.

L'*Espérance* filait depuis longtemps déjà, embarquant à peine un litre d'eau par heure, ce qui est peu de chose, même pour une barque d'une construction soignée, lorsque retentit ce cri :

— Les hippopotames! les hippopotames!...

L'*Espérance* venait de troubler les ébats de toute une famille de ces intéressants pachydermes.

C'était là le danger terrible, imminent, le danger qu'on n'avait pas prévu.

En un clin d'œil tous les fusils furent prêts.

— Feu! cria Max.

Quatre détonations retentirent; puis, quand la fumée produite par l'explosion se fut dissipée, les aventuriers s'aperçurent avec effroi que le nombre de leurs ennemis ne faisait qu'augmenter.

— Feu !... Feu !...

Bientôt le frêle esquif disparut au milieu d'épais nuages de fumée que trouaient çà et là de rouges clartés.

IX

L'OUGANDA

Avant d'aller plus loin, il ne serait peut-être pas inutile de jeter un rapide regard sur le pays où vont se dérouler les dernières scènes de ce drame étrange.

L'Ouganda est le plus puissant État de l'Afrique centrale, si par puissant on entend une population nombreuse et laborieuse, un gouvernement régulier, une sorte de civilisation, une religion enfin (1).

Le royaume de l'Ouganda est situé sur les rives septentrionale et méridionale du lac Victoria-N'yanza, que sillonnent ses flottes de canots. Il est entouré d'une foule de petits états, parmi lesquels il faut citer, comme les plus puissants à l'ouest, l'Oukaragoué où règne Roumanika et l'Ounyoro, à l'est et au sud, où règne Kamrasi.

(1) Depuis quelques années seulement, Metsa, le roi actuel de l'Ouganda s'est converti, et a fait convertir d'« office » son peuple à l'islamisme.

Le pays n'est qu'une suite de plaines aux herbages opulents, de croupes de collines et de montagnes couvertes de magnifiques forêts, où se cachent de puissants villages. Les nombreux cours d'eau qui l'arrosent entretiennent une végétation exubérante comme il ne s'en voit que sous les tropiques, où le règne végétal atteint des proportions vraiment colossales.

Les huttes des naturels, en terre gazonnée, séparées les unes des autres par de vastes enclos qui rappellent les « kraals » des Hottentots, sont propres et soigneusement entretenues. Chaque village est sous la surveillance immédiate d'un gouverneur ou « Pokino », tyran au petit pied, qui mène une existence vraiment seigneuriale au au milieu de ses femmes, de ses sorcières et de ses nombreux officiers.

Le gouvernement de l'Ouganda est essentiellement aristocratique et despotique. Il s'appuie sur une multitude de grands vassaux qui vivent largement au dépens du trône, mais sans cesser d'être eux-mêmes à la merci du moindre caprice du souverain.

Tout dans le pays appartient au roi ; tous les habitants, depuis l'enfant qui vient de naître jusqu'au vieillard déjà promis à la tombe, sont regardés comme ses esclaves. Il peut les vendre, les torturer, les faire mettre à mort, personne n'y trouve à redire : il est le maître.

Deux pénalités sont seules reconnues par les lois : la mort et l'amende. Chose étrange, au milieu

de la confusion et de la barbarie d'un tel pouvoir:
les gouvernants semblent s'être préoccupés de l'avenir du royaume. Des routes larges et carossales —
si les carosses étaient connus dans l'Ouganda —
sillonnent le pays en tous sens pour venir rayonner
autour de la résidence royale; des ponts, quelquefois de simples troncs d'arbres, ont été jetés en
travers des cours d'eau et des torrents; chaque
maison doit être construite avec ses dépendances
naturelles; enfin, il n'est pas jusqu'au « figuier
étoffe » qui n'ait attiré l'attention du gouvernement.

Défense est faite, sous peine de mort, de couper
ou de mutiler cet arbre si précieux pour l'habille-
ment des indigènes.

Par ordonnance royale — sous peine de mort
toujours, — les Vouagandas ne sont plus libres
d'étaler leur nudité.

Le capitaine Speke, qui à longtemps séjourné à
la cour de Meïsa, enseignant à ce noir potentat les
premiers usages de la civilisation, depuis le droit
de grâce jusqu'au tir à la carabine et à l'usage des
fourchettes et des cuillers, nous donne de curieux
détails sur la formation du royaume.

Nous les transcrirons ici.

« Jadis les Vouahoumas et les Vouanyoros con-
sidéraient, à cause de leur extrême fertilité, comme
leur jardin, toutes les terres qu'ils possédaient sur
les rives du lac Victoria. Pour eux, les peuples
qui cultivaient ce sol fertile et dont le premier
devoir était de nourrir et d'habiller la caste gouver-

nante, n'étaient que ses esclaves. Les Vouahoumas tiraient de ce littoral le café et les autres produits nécessaires à la consommation de la capitale, avec les vêtements que fournissaient les figuiers inépuisables. Cette région opulente était alors nommée par eux l'Ouddou, c'est-à-dire le pays des esclaves.

» Or, il y a de cela huit générations, un chasseur de l'Ounyoro, nommé Ganda, vint, avec une meute de chiens, une femme, une lance et un bouclier, poursuivre le gibier dans la vallée de Katonga, qui n'est pas fort éloignée du lac.

» Cet homme n'était pas riche, mais son habileté le popularisa bientôt parmi les malheureux indigènes qui le suivaient en foule, avides de venaison, et qui finirent par lui proposer d'être leur roi.

— » Ils étaient las, disaient-ils, d'envoyer leurs tributs à un souverain tellement éloigné d'eux, qu'une génisse, partie dans le ventre de sa mère, avait le temps de mettre bas, et la nouvelle-née de produire à son tour, avant que les parents ne fussent arrivés à destination. »

« Ganda hésitait d'abord alléguant à ses solliciteurs qu'ils avaient déjà un monarque ; mais, sur de nouvelles instances, il se décida, prit la couronne, et le peuple, pour qui le nom de son bienfaiteur était sacré, décida que tout le pays entre le Nil (1) et le Katonga s'appellerait Ouganda, c'est-à-dire « Pays de Ganda », et que le roi du nouvel État prendrait le nom de Kiméra.

(1) La branche qui se jette dans le Victoria-N'yanza.

» Le soir même, Ganda monta sur une pierre tenant sa lance à la main, tandis que sa femme et son chien étaient à ses côtés. On affirme encore aujourd'hui que la roche conserve la trace des pieds de Ganda, la trace laissée par le bois de la lance, l'empreinte de la femme et du chien (1).

» Toutes ces circonstances surnaturelles, rapportées au puissant monarque de l'Ounyoro l'affectèrent à peine.

— » Laissez, disait-il dans sa magnifique nonchalance, laissez ce pauvre mendiant chercher sa nourriture où il voudra... »

« Kiméra n'en fonda pas moins sa dynastie et Metsa est son septième successeur... »

C'est depuis ce temps qu'une femme tenant deux lances, l'une en fer l'autre en cuivre et un chien accroupis au pied du trône, sont le symbole héraldique de l'Ouganda.

Lorsque le roi meurt, la noblesse d'épée et les sorciers se réunissent et célèbrent ses funérailles avec une pompe imposante. Puis, quand le corps, convenablement desséché, repose, enveloppé dans un amas d'étoffes précieuses, sous une hutte sacrée que gardent quelques-unes de ses femmes et un officier nommé à cet effet, on procède à l'élection d'un nouveau roi choisi parmi les nombreux enfants du défunt

(1) Cette croyance d'un dieu, d'un conquérant, d'un législateur, laissant l'empreinte de son pied sur une montagne ou un rocher, semble particulière à tous les peuples.

Quant aux autres, pour couper court aux intrigues, aux tentatives de révoltes, aux menées des ambitions coupables, on les brûle en grande cérémonie, le jour du couronnement du nouveau monarque.

Sans doute, aujourd'hui, que Metsa est fervent musulman, ces barbares coutumes n'auront plus leur raison d'être.

Les sorciers, dans l'Ouganda remplaçaient les prêtres ; car, si ce n'est le culte mystérieux, qu'on rendait à certaines divinités du lac, la foi aux talismans, la religion était totalement inconnue.

Mais parlons de Metsa, cet homme étrange aux instincts sanguinaires, affable envers les étrangers, dur et tyrannique pour ses propres sujets. Son humeur était aussi mobile que la surface du lac et passait sans transition d'un extrême à l'autre ; s'il faisait grâce à un régicide, la moindre infraction à l'étiquette, la moindre négligence dans la tenue d'un courtisan étaient punies de mort. Les pages de ce gracieux monarque portaient enroulée, en guise de turban, une longue corde en fibres d'aloës qui leur servait... simplement à garrotter les victimes désignées au bourreau.

Et parmi ces victimes, les femmes du monarque étaient en majorité.

« Chaque jour », raconte le capitaine Speke, « une ou plusieurs de ces malheureuses étaient ainsi conduites à l'abattoir... »

Un autre trait achèvera de peindre Metsa.

Un jour, il remit à un de ses pages une cara-

bine chargée de ses propres mains, et lui enjoignit
« d'aller tuer un homme dans l'autre cour. »

Le page obéit.

— « Eh bien! lui dit le roi, vous en êtes-vous
acquitté?...

— « A merveille! » repartit l'apprenti bourreau. » (1)

Ce fait nous dispensera de tout commentaire.

Cependant le roi n'avait pas toujours cette
humeur sanguinaire. Souvent, il prenait plaisir à
chasser en compagnie du capitaine, son professeur
de tir; il lui empruntait aussi ses habits, trop
exigus pour sa taille gigantesque, et paraissait
complaisamment devant ses courtisans émerveillés,
à peu près comme un singe sur nos tréteaux de
nos foires.

Le capitaine mit à profit les bonnes dispositions
de Metsa pour tout examiner dans cette société si
curieuse. Il s'intéressa au sort de ces pauvres
femmes qui peuplent le harem royal, et eut le bonheur de sauver la vie à une de ces infortunées,
dont tout le crime était d'avoir « offert un fruit à
son maître redouté. » Ce n'est pas tout, souvent il
les entretenait, et, fait sans précédent dans le déco-
rum de l'Ouganda, leur offrait galamment la main
pour les aider à traverser quelque ruisseau.

Mais les temps sont changés!

(1) Nous donnons ces détails et ceux qui précèdent
d'après l'attachant récit du capitaine Speke. *Les sources
du Nil.*

Là où le capitaine Speke, en 1862, n'avait vu que des huttes. M. Stanley, en 1875, trouva des maisons commodes et agréables ; là où les fusils étaient à peine connus, tout un régiment de gardes était armé et équipé à l'européenne ; enfin, la soie, la mousseline, les étoffes brochées d'or et d'argent remplaçaient les simples vêtements d'écorce dont le roi se parait tout comme le dernier de ses sujets.

La récente conversion du roi à l'Islamisme a produit tous ces miracles. Metsa a adopté la pompe et les usages des Arabes.

Mais dans ces régions sauvages, on ne connaît pas de demi mesures. Metsa, musulman, décida que tous ses sujets deviendraient, « en bloc », de zélés sectateurs du Coran, et les pauvres nègres obéirent persuadés que leur prince avait raison.

Metsa veut l'unité religieuse comme il veut l'unité de pouvoir.

C'est à la cour de ce prince que M. Stanley rencontra un jeune français, M. Linant de Bellefond, alors colonel au service du khédive et attaché à l'expédition Gordon qui explorait le haut Nil. Hélas ! en ce moment, notre infortuné compatriote ne se doutait pas qu'il ne reverrait jamais sa belle patrie et que les poignards des Béris l'attendaient au retour.

Parlons maintenant des productions principales de l'Ouganda.

Les animaux les plus terribles sont, le lion, l'éléphant, le chat-sauvage, le léopard, le buffle, le rhinocéros et la hyène.

Les animaux moins dangereux sont le porc-
sauvage et le renard. Les antilopes, la girafe, le
zèbre, peuplent les forêts et les pâturages épais.
Une multitude de singes et d'écureuils de toutes
les tailles et de toutes les couleurs hantent les
ramures des arbres gigantesques, tandis qu'à
leurs pieds se traînent et rampent d'informes tor-
tues, des lézards et des serpents hideux.

Et les oiseaux!... ils ne sont pas ni moins nombreux ni moins variés. Depuis l'autruche qui
demande les vastes horizons des déserts de sable,
jusqu'aux canards et aux oies des marais ; depuis
les pintades, les cigognes, les perdrix, etc., jusqu'aux corbeaux sinistres et aux faucons voraces,
tout concourt pour faire de ce pays cet « heureux
territoire de chasses », que rêvent les pauvres
Indiens.

Les vaches, les chèvres, les volailles pullulent
autour des demeures des indigènes. Les bêtes de
somme, représentées par l'âne, sont plus rares.

Enfin, n'oublions pas les insectes, les mouches
à la piqûre venimeuse et ces fourmis gigantesques
qui semblent devoir donner à l'homme des leçons
d'architecture.

Le règne végétal n'est pas moins riche, dans
cette partie de l'Afrique, que le règne animal. Tout
sous ce chaud soleil atteint un développement
extrême. Des herbes hautes de plus de trois mètres,
des buissons d' « euphorbia », de cactus, d'aloës,
des fleurs aux couleurs chatoyantes, aux parfums
enivrants, hérissent les savanes d'où surgissent de

gracieux bouquets de palmiers des tropiques, et
de mimosas parasols. A côté du baobab, géant dif-
forme et hideusement contourné, se dressent
d'énormes figuiers, des acacias aux grappes odo-
rantes ; le bananier, si utile pour l'alimentation,
se montre presque partout, chargé de ses fruits
mûrs que remplacent incessamment des régimes
naissants ; les platanes ombragent de vastes
espaces ; enfin, autour de ces troncs géants, dont
l'énumération serait trop longue ici s'enroulent, se
tordent et se déploient une multitude de lianes.

C'était dans ce pays, dont nous venons de tracer
une rapide esquisse, que s'étaient engagés nos
aventuriers.

Maintenant nous allons laisser les événements
suivre leur pente naturelle.

X

Par un soir du mois d'août, un mois et demi environ après les événements que nous avons rapportés dans les précédents chapitres, toute la population noire qui hante les rives de la rivière Mouérango, cours d'eau important qui sort du lac Victoria-N'yanza pour se réunir au Nil au village de Chagousie, était mise en émoi par un événement imprévu.

Toute une armée de nègres, noirs grouillants, sommairement vêtus d'écorce d'arbre, sauf le « Pokino », qui marchait en tête, escorté d'une garde d'honneur, et qui portait le caftan et le turban des Arabes, escortaient quatre prisonniers, solidement garrottés avec des liens de fibres de bananiers, vers le palais de Metsa, situé au nord du lac à quelques lieues de là.

Ce fait insignifiant par l'habitude, car chaque jour, de tous les points du royaume, des chaînes de prisonniers étaient conduites au farouche monarque; ce fait n'aurait attiré l'attention de personne sans une circonstance extraordinaire.

Les prisonniers étaient blancs !

Pâles, hâves, exténués de fatigue, en butte aux coups et aux mauvais traitements de leurs farouches geôliers, ils se traînaient autant que le leur permettaient les entraves qui s'enroulaient autour de leurs membres.

La cohue glapissait.

— Sacrilége !... sacrilége !...

Que s'était-il donc passé?

C'est ce que nous allons essayer de dire en quelques mots.

Après avoir échappé comme par miracle, grâce à une fraîche brise qui venait de se lever, aux attaques furieuses des hippopotames, les aventuriers s'aperçurent qu'un danger nouveau et tout aussi émouvant les menaçait encore : la barque faisait eau et s'emplissait rapidement.

— C'est la dernière heure ! dit Max en pressant doucement la main de ses compagnons. Tant que la lutte a été possible, tant qu'un reste d'espoir nous a soutenus, nous avons combattu en gens de cœur. Mais Dieu en a décidé autrement... soit ! aussi bien voilà longtemps que j'aspire après le repos de la tombe.

— Monsieur !...

— C'est vrai, j'oubliais que vous êtes jeunes

encore, que vous avez des espérances, des affec-
tions ici-bas... Que vous avez le droit de me repro-
cher votre mort...

— Notre mort! s'écria Fil-d'Etoupe; mais je ne
suis pas las de vivre, moi!... Tenez, tout le mal se
réduit à un trou, gros tout au plus comme mon
petit doigt. Une cheville entourée d'un chiffon, et
tout sera *paré*, comme disent les matelots...

Est-ce possible! s'écria Edouard qui avait peine
à retenir ses larmes.

— C'est fait!...

Seul, l'arabe était resté impassible. Pas un
muscle de son visage de bronze n'avait bougé.
Avec la résignation fataliste de ceux de sa race,
il répétait.

—Allah est Dieu, et Mahomet est son prophète!

— Oui, exclama Fil-d'Etoupe, Dieu est grand!
Mais il a dit : « Aide-toi si tu veux que le ciel
t'aide... » Que sert d'invoquer l'appui du Très-
Haut si on ne fait rien soi-même pour se tirer
d'affaire.

Toute la nuit on veilla à ce que l'eau ne submer-
geât pas la pauvre embarcation, et le lendemain
au matin, Fil-d'Etoupe, comme le matelot en vigie,
put s'écrier :

— Terre!... terre!...

Les pauvres bagages furent répartis en quatre
lots, et les aventuriers s'apprêtèrent, avec ce mai-
gre viatique, à commencer leur long voyage dans
ce pays entièrement sauvage.

L'Ounyoro qu'ils traversèrent d'abord, leur fut

assez hospitalier; ils avaient encore quelques petits objets qui, leur permettant de faire des présents, leur assuraient une tranquillité relative, et leurs armes imposaient encore quelque respect aux noirs Vouanyoros. Mais quand leur dernier rouleau de fil-d'archal, leur dernier chapelet de grains de verroterie furent épuisés, les souffrances et les tortures recommencèrent.

Chassés de partout, traqués comme des voleurs, en but aux poignards de leurs ennemis, il leur fallait éviter les villages et les huttes, traverser les marais infestés de crocodiles et de miasmes pestilentiels, s'enfoncer dans les jungles en compagnie des fauves et braver, sans abri, les orages si terribles dans ces régions qui touchent à l'équateur.

Et pourtant à tous ces périls inouis, à toutes ces souffrances horribles, ils n'avaient qu'un mot :

— En avant !... en avant !

Ils traversèrent ainsi l'Ounyoro et entrèrent dans l'Ouganda.

Un soir, exténués de fatigue et tremblant de fièvre, ils se décidèrent, se sentant incapables de faire un pas de plus, à solliciter une hospitalité de quelques heures, dut cette hospitalité être la mort.

— Justement, cria Fil-d'Etoupe ; voilà une case qui s'offre à nous.

Ils entrèrent. Personne. Au milieu d'une salle qu'entouraient deux rangées de colonnes de bambou, était une sorte de sarcophage où reposait une forme étrange, enveloppée d'étoffes précieuses. Le jour filtrait doux et mystérieux à travers des stores de toile, et les nattes épaisses, qui couvraient le sol, assourdissaient tous les bruits.

Les explorateurs se regardèrent effrayé de ce silence et de cette demi obscurité. Ils avaient peur de troubler le calme de la tombe.

Une terreur sacrée semblait planer sur cet asile de la mort.

Tout à coup des grands cris retentirent.

— Sacrilége !... sacrilége !...

Et des noirs se précipitèrent, brandissant leurs armes, mais sans oser dépasser le seuil redoutable.

— Feu ! dit Fil-d'Etoupe.

Deux coups de feu retentirent, tirés simultanément par Fil-d'Etoupe et Edouard Herbeau, et deux hommes tombèrent.

— Bas les armes ! cria Max d'une voix qui vibra étrangement sous ces voûtes sépulcrales, notre vie ne vaut pas la peine d'être défendue.

Et, s'avançant vers les noirs.

— Je me rends, dit-il avec calme.

Quoique désapprouvant ce mouvement chevaleresque, les trois hommes avaient trop de cœur pour abandonner leur chef. Ils jetèrent leurs armes et vinrent se ranger à ses côtés.

Hélas ! pourquoi avaient-ils été si prompts ? comme les lieux « tabou » de l'Océanie, comme ces églises du moyen-âge, le tombeau de Souuna, l'ancien roi de l'Ouganda, possédait le droit d'asile. C'était une retraite inviolable que n'aurait pas osé franchir la cohue populaire.

Les Vouagandas saluèrent leur triomphe par

des cris frénétiques ; les couteaux brillaient, les cordes des arcs se tendaient, les massues et les lances s'agitaient : la vie des captifs ne tenait plus qu'à un fil.

Heureusement, l'officier chargé de garder le tombeau du roi défunt, et le « pokino » du village voisin, accouru en toute hâte, au récit de cette audacieuse violation, se souvinrent que Mtésa avait recommandé de lui amener tous les blancs surpris dans ses états.

— A Oulagalla ! crièrent-ils en faisant charger, par leurs soldats, la population à grands coups de bambou.

— A Oulagalla ! à Oulagalla ! répéta le peuple que cette averse de coups n'avait nullement calmé.

Voilà pourquoi nous retrouvons nos amis, prisonniers et escortés par les huées et les vociférations du bon peuple de l'Ouganda.

— Mes forces sont à bout, disait Fil-d'Etoupe au moment où nous les retrouvons. Pourquoi tardent-ils tant à nous donner le coup de grâce?...

— Ils nous réservent peut-être pour leurs hideuses cérémonies... répondit Edouard avec un pâle sourire.

En ce moment des canots longs et étroits apparurent sur la rivière Mouérango.

D'un geste menaçant le « Pokino » intima aux prisonniers l'ordre de s'y embarquer, et prit place lui-même dans la première embarcation, tandis que les soldats et l'escorte se répartissaient dans les deux autres.

Puis les avirons plongèrent en cadence, et les trois embarcations filèrent rapides et silencieuses sur les flots argentés.

A mesure qu'on avançait, les deux rives de la Mouérango apparaissaient couvertes de collines aux frais ombrages, aux ruisseaux limpides, gazouillant sous les fleurs et les verts roseaux. Sur les hauteurs se dressaient des huttes faites d'herbes et de bambous ; alors une tête curieuse et crépue se montrait, et des yeux brillants comme des escarboucles suivaient avidement la marche des trois embarcations.

Tout à coup, le décor changea pour faire place à un autre plus magnifique, plus sublime encore. Les canots venaient d'entrer dans le lac : aussi loin que le regard pouvait s'étendre, on n'apercevait qu'une nappe incommensurable et azurée, se terminant par un horizon bleuâtre, où se confondaient le ciel et les eaux.

C'était un spectacle étrange, saisissant, que celui de cette mer sans ondulation (1); aussi, l'œil ébloui de planer sur cette surface calme et unie comme celle d'un miroir, s'arrêtait avec complaisance sur les petites îles qui émergeaient de tous côtés, tranchant avec leurs feuillées vertes, comme des émeraudes sur la teinte bleue d'un saphir.

Les bateliers en s'enfonçant sur le lac murmu-

(1) C'était sans doute un moment d'acalmie générale; car, de même que les mers et les océans, tous les lacs de telle partie de l'Afrique ont leur flux et leur reflux.

rèrent quelques paroles au rhythme étrange, et répandirent autour d'eux des grains de verroterie et d'abondantes libations de « pommbé », usage superstitieux, qui prouve encore une fois de plus que si le vieil Ouganda s'est fait musulman en apparence, il est sincèrement païen au fond du cœur.

La nuit vint. Le voyage était terminé, ce jour là du moins.

Le « pokino » et ses gardes, s'arrêtèrent dans un village de pêcheurs, et s'installèrent, comme chez eux, dans les huttes aussitôt abandonnées par les craintifs indigènes.

— Un jour de plus, un jour de moins, dit Max avec un sourire amer, en faisant allusion à leur sort probable.

— Bah ! riposta Fil-d'Etoupe, le bon Dieu est le bon Dieu, et il nous est bien permis de compter sur son assistance autant que sur nos propres efforts... Tant que le couperet de la guillotine, le fer d'un sabre ouganda, veux je dire, ne brillera pas sur ma tête, j'aurai confiance, moi...

— Et vous? dit Max en se tournant autant que ses liens le lui permettaient vers Edouard et Ali.

Les deux hommes inclinèrent silencieusement la tête.

— Espérons donc, dit Max.

Mais le sourire amer qui accompagnait ces paroles démentait ce qu'elles avaient de consolant.

Les prisonniers avaient été jetés dans une hutte aux murs de boue et de roseaux, comme il s'en

trouvait tant sur les bords du lac. Des sentinelles
se promenaient lentement au-dehors, mais il
n'aurait pas été difficile de pratiquer une brèche
dans ces faibles murailles.

Malheureusement, les prisonniers étaient solidement garrottés

La nuit fut longue et pleine de muettes angoisses. Chacun, quoique résigné à son sort,
quoique n'entrevoyant aucune chance de salut,
imposait silence à ses sinistres appréhensions pour
essayer de fortifier ses compagnons, pour leur
donner une espérance qu'il n'avait pas lui-même.

— Après tout, dit encore Fil-d'Etoupe, on ne
meurt qu'une fois...

Les noms de Jouffroy et de Béléchasse, ne furent
pas prononcés une seule fois. A quoi bon, en effet,
réveiller ces souvenirs déchirants?

Le lendemain, au matin, le « Pokino » se montra entouré de ses hommes. Les liens des prisonniers furent relâchés assez pour leur permettre de
gagner les bords du lac, où les canots attendaient, et l'embarquement s'effectua aussitôt.

Le voyage dura deux jours entiers. Le matin
du troisième, les prisonniers et les escortes quittè-
rent les bords du lac pour s'acheminer vers la ville
d'Oulagalla, résidence ordinaire de Mtésa.

Au moment ou les infortunés jetaient un regard
d'adieu sur ce magnifique paysage, ils virent les
noirs qui se précipitaient en foule dans toutes les
directions. Mais ce n'était pas, comme on pouvait
le croire, pour jouir de l'exhibition des blancs

prisonniers et enchaînés. Une profonde stupeur
était peinte sur toutes ces faces noires, et une
sourde rumeur circulait dans la foule.

— Le « canot fétiche !... » le « canot fétiche !... »

Quel était ce mystère ?

XI

Le soir de ce même jour, après les fatigues d'un
voyage à travers les plaines et les montagnes, les
aventuriers et leurs gardiens atteignirent Oulagalla.

Le palais royal, vaste et spacieuse cabane, batie
en jonc et en herbe tressée et surmontée d'un long
toit de chaume supporté par des colonnades de
troncs équaris, couvrait de ses dépendances une
colline boisée. Autour de cette demeure princière
rayonnaient de larges boulevards ombragés de
beaux arbres et bordés des maisons des principaux
vassaux de la couronne.

Hissé au sommet d'un mât immense, le nouvel
étendard de l'Ouganda se dépliait à la brise et
semblait protéger le pays.

Arrivé devant le palais que gardaient les gardes du corps armés et équipés à l'arabe, le cortége s'arrêta. Le « Pokino », qui déjà avait envoyé un courrier à Mtésa, attendait ses ordres pour agir.

—C'est la dernière étape! murmura Fil-d'Etoupe. Enfin, il est toujours consolant de penser qu'on mourra dans un pays presque civilisé, et que la broche n'entrera en rien dans votre triste sort.

Cependant, le « grand-amiral des flottes de l'Ouganda » sortit du palais escorté de ses officiers. Le « Pokino » s'avança à sa rencontre et le salua en s'inclinant jusqu'à terre. Puis les deux chefs entamèrent une longue conversation d'où il résulta que Metsa, étant parti pour chasser sur les frontières de l'Ousoga, ne rentrerait que le surlendemain, et qu'il fallait attendre son retour pour décider du sort des prisonniers.

Pendant cette conversation, le regard du « grand-amiral » était constamment fixé sur les malheureux prisonniers. Ceux-ci se sentirent perdus, ils voyaient, à l'abondance du débit, aux gestes indignés qui accompagnaient chaque phrase, que le « Pokino » faisait le récit de la violation du tombeau royal, et dans ce pays, sauvage encore en dépit de ses dehors policés, on ne brave pas impunément la superstition populaire.

Plus de trois mille individus des deux sexes se pressaient sur la place du palais, hurlant, vociférant, invectivant leurs pâles victimes.

Enfin l' « amiral » entra dans les sombres profondeurs du palais, et le « Pokino » ramena ses prisonniers dans une hutte, sale et infestée de rats et de vermines, où il les laissa après avoir fait resserrer leurs liens.

Puis la claie de branchage se referma comme la porte d'un sépulcre.

— Enfin! dit Fil-d'Etoupe, nous voilà donc débarrassés de la présence de ces vilains nègres?... Nous pouvons nous préparer en paix à commencer le grand voyage, celui-là dont on ne revient plus... ajouta-t-il avec un pâle sourire.

— C'est moi qui vous ai entraînés, murmura Max, c'est moi qui ai causé votre perte...

— Ne parlez pas ainsi, Monsieur... le bon Dieu est puissant, après tout, et il n'arrivera rien qu'il n'ait ordonné. D'ailleurs, mieux vaut mourir avec vous que vivre séparé de vous... C'est mon avis.

— Pourtant, reprit Edouard, il est bien dur de mourir, quand on se sent plein de sève et de jeunesse, quand on laisse après soi une mère adorée...

Max pleurait, non de regret de son sort; que lui importait la vie maintenant qu'elle était pour lui semée de déboires et de désillusions? mais sur ces jeunes existences que la fatalité allait moissonner.

Peu à peu, cependant, les plaintes et les gémissements cessèrent dans la hutte. La fatigue, ce tyran implacable, avait repris tout ses droits, et ces infortunés, qui n'étaient pas sûrs du lendemain, reposaient paisiblement sur leurs couches de paille.

Quand ils se réveillèrent, il faisait nuit déjà.

Un doux rayon de lune, glissait à travers les lattes pourries qui soutenaient le toit de chaume, dessinant sur le sol mille arabesques capricieuses, et les prisonniers échangèrent un regard éloquent, qui semblait dire :

— Allons ! ce n'est pas encore pour aujourd'hui...

Tout à coup les murs de jonc et de bambou oscillèrent comme agités par un tremblement étrange... On eut dit que, derrière la hutte, quelqu'un essayait de s'ouvrir un passage. Bientôt la lame d'un coutelas perça les bambous, pratiquant une ouverture qui, peu à peu, allait en s'élargissant.

Muets, immobiles, les captifs regardaient, retenant leur souffle de peur de faire cesser le mystérieux travail. Oh ! s'ils avaient été libres, avec quelle joie ils se seraient élancés au-devant de ces sauveurs inconnus ! Mais les liens qui s'enroulaient autour de leurs membres leur interdisaient toute coopération ; ils ne pouvaient qu'attendre...

Bientôt un pan entier de la muraille de bambou s'écroula, et deux hommes parurent dans la brèche, baignés dans la lumière magnétique de la nuit.

Mais étaient-ce bien des hommes ? Les aventuriers en doutaient. Autant qu'ils pouvaient en juger par la blanche clarté de la lune, ils avaient devant eux des être fantastiques. L'un avait la barbe et les cheveux tous blancs. Sa physionomie hâlée par le soleil avait quelque chose de féroce et de satanique. Ses vêtements, empruntés aux dépouilles des fauves, cachaient à peine des membres robustes et bronzés, aux muscles tendus comme des cordes d'arc. Il portait, pour coiffure, un chapeau de feuilles de palmier orné d'un panache de plumes d'autruche.

Son compagnon, petit, voûté, était tout semblable à lui par le costume, sauf pourtant la coiffure qu'il avait remplacée par un foulard jadis rouge, mais aujourd'hui passé et déteint par la pluie et le soleil.

Ils s'appuyaient tous deux sur de longs fusils au canon poli et noirci par l'usage.

Au premier instant les aventuriers ne savaient s'ils devaient se féliciter ou se défier de cette apparition soudaine.

Mais le géant s'avança, et, d'une voix qui contrastait étrangement avec son aspect féroce :

— Rassurez-vous, dit-il, nous ne sommes pas des ogres, mais bien des blancs, des chrétiens comme vous.

Aux accents de cette voix, Max, qui s'était redressé, s'affaissa sur le sol comme frappé en plein cœur par une commotion électrique.

— Jouffroy !... Jouffroy! s'écria-t-il avec une joie délirante.

Le géant bondit, et, l'entourant de ses bras nerveux.

— Est-ce possible !... murmura-t-il. Max !... Max ici !... prisonnier !... mais nous le délivrerons. À l'œuvre, ami Achille ! à l'œuvre !

— Me voilà ! répondit la deuxième apparition qui n'était autre que le sieur Achille Béléchasse en chair et en os. Mais au nom du ciel, hâtons-nous...

Toujours prudent, ce cher ami !

— Toute la famille, quoi ! ne put s'empêcher de crier Fil-d'Etoupe.

En un clin d'œil les liens qui retenaient captifs les aventuriers furent tranchés. Il se passa alors, dans cette pauvre hutte, une de ces scènes délicieuses qui font sécher la plume et pâlir le pinceau.

Toujours craintif, l'ex-fabricant de papier à filtrer fit remarquer qu'on causerait plus à l'aise au-dehors.

— C'est vrai ! s'écria Max, j'oubliais nos gardiens.

— Rassure-toi, ami; à cette heure, ils dorment profondément, ivres de vin de banane. Mais Béléchasse a raison. Prenez vos armes, continua-t-il en montrant les fusils des aventuriers déposés au fond de la hutte pour être offerte au roi. Pour gagner le lac par des chemins rapides, il nous faut au moins quatre heures, et je ne voudrais pas, pour tout l'or du monde, que le jour nous surprît en route.

— Mais là ?

— C'est mon secret.

Vite, les fugitifs, conduits par Jouffroy se hâtèrent de quitter ce lieu maudit. Fil-d'Etoupe riait déjà et babillait avec Béléchasse, pendant qu'Edouard se demandait si tout cela n'était pas un rêve.

Ali, toujours grave suivait à distance.

Ils descendirent la colline, s'engagèrent dans des sentiers rocailleux tracés dans les déclivités des monts, traversèrent de grands espaces ombragés de platanes, des cultures de patates douces, de bananes, de cannes à sucre avant d'atteindre les marais qui bordent le lac.

Le jour allait poindre.

Jouffroy siffla d'une façon particulière. Aussitôt un hurlement lugubre qui semblait sortir des profondeurs d'une forêt de bambous, lui répondit.

— Mes sentinelles font bonne garde, dit-il en souriant.

Et il continua à s'enfoncer dans les herbes et les bambous. Bientôt une barque se montra sur le bord du lac, gardée par deux de ces énormes dogues comme ceux dont les marchands d'esclaves se font accompagner dans leurs chasses à l'homme.

— Cette barque est à toi? demanda Max stupéfait.

— Comme Paris était au roi, répondit Jouffroy. C'est le « canot fétiche » ?

En effet, ce canot avait une forme étrange. Creusé dans un tronc gigantesque, au lieu d'être fait de planches barbouillées d'argile et jointes par des liens d'osier, comme les barques de l'Ouganda, il pouvait mesurer vingt mètres de long. Sa proue, grossièrement sculptée à grands coups de hache, représentait le long cou et la tête d'un cygne ; et, quand ses deux larges voiles d'écorce, taillées en orme d'ailes, se gonflaient au souffle de la brise

on pouvait prendre l'étrange canot pour quelque
palmipède gigantesque s'ébattant sur les eaux
calmes du lac.

— Etrange!... étrange! murmura Max.

— Tu en verras bien d'autres.

— C'est justement ce que j'allais dire, riposta
Fil-d'Etoupe en souriant.

Cependant, poussé par une bonne brise, le
« canot fétiche » continuait à siller sur le lac admi-
rable sous cette molle et magnétique clarté des
nuits. Jouffroy tenait la barre, couvant ses amis
d'un regard ému, pendant que l'ancien fabricant
de papier à filtrer se tenait à l'avant, prêt à signaler le moindre danger.

— Ah ça! s'écria Jouffroy tout à coup, me diras-
tu, quand je te croyais mort, pourquoi je te retrouve ici?

— Je pourrai te retourner la question.

— Le récit de mes aventures nous entraînerait
trop loin.

— Soit, je commence.

Et Max fit un récit succinct de tout ce qui lui
était arrivé, depuis l'écroulement des monts de
l'Ousagara, jusqu'au moment où Jouffroy l'avait
si miraculeusement délivré.

Comme on le pense, Fil-d'Etoupe ne fut pas
oublié dans ce fouillis si doux des ressouvenirs.
Le brave garçon se démenait, se dépitait, mais en
vain! il lui fallut entendre son panégyrique.

— Fil-d'Etoupe! cria Jouffroy en lui tendant les
bras, il faut que je t'embrasse.

—Vous n'y pensez pas, Monsieur, s'écria le gamin en répondant de son mieux à l'étreinte du géant; je n'ai fait que ce que tout domestique bien appris eut fait pour son maître...

— Un domestique, non, tu nous as donné trop de preuves de dévouement pour que nous ne te chérissions pas à l'égal d'un fils. Désormais, tu as un père dans chacun de nous; ne l'oublie pas.

— Oui, dit Béléchasse à son tour, et je ne serai pas le plus ingrat des trois.

— Trois pères!... trois pères!... murmura le gamin en essuyant ses larmes, c'est trop, messieurs, c'est trop quand tant de malheureux enfants n'en ont plus...

— Maintenant, continua Jouffroy, maintenant que, grâce à Dieu, nous voici encore réunis, il n'y a pas de difficulté que je ne surmonte, pas d'obstacle dont je ne triomphe. Nous reverrons la France, c'est moi qui vous le jure.

— Si nous ne sommes pas arrêtés en route...

— L'asile ou je vous conduis, s'écria Jouffroy, est un asile inviolable.

XII

Le point du jour sur le lac. — Où il est parlé du Neptune Ouganda. — Une journée sur un banc de sable. — Le sanctuaire du dieu Mgussa. — Un étrange gardien. — Où l'on marche de surprise en surprise. — M'Toé. — D'une demeure comme on en voit peu et d'un souper comme on en a jamais vu. — Où le récit justifie son titre puisque les Robinsons se mon rent enfin. — Toast enthousiaste. — Jouffroy raconte son histoire.

Cependant le soleil radieux lançait ses gerbes éblouissantes sur l'immense surface du Victoria-N'yanza, hérissée çà et là d'îles délicieuses d'éclat et de fraîcheur. Quelques canots commençaient à se montrer conduits par de noirs rameurs ; mais, à l'aspect de la « barque fétiche », les avirons plongèrent avec une dextérité merveilleuse, et, bientôt, tout disparut derrière les ombrages verdoyants des îlots.

Jouffroy voyant ses compagnons attentifs, commença :

— L'île où je vous conduis est tout simplement le plus célèbre sanctuaire du dieu Mgussa. C'est là qu'autrefois, la divinité du lac daignait rendre ses oracles par la bouche du grand prêtre. Mais depuis la récente conversion de Mtésa, le dieu a fait un plongeon dans le lac, et, à la grande douleur des naturels, les oracles sont muets désormais. Cette île, rocheuse et de formation volcanique, contrairement aux autres îlots du Victoria, était une demeure qui me convenait parfaitement ; aussi, malgré, ou plutôt à cause de la terreur superstitieuse qui semblait l'envelopper, j'en pris possession et j'y établis mon quartier général. Mais ce qu'il y a de plus curieux, c'est que les Vouagandas s'imaginent que le dieu irrité est revenu dans son ancien sanctuaire préparer les foudres qui doivent, un jour, anéantir les apostats. Plusieurs circonstances fort naturelles, mais qui, à première vue, semblent mystérieuses, viennent encore augmenter la frayeur que ressent le populaire à la vue de ce séjour redoutable.

« Mais, continua Jouffroy, en ma qualité de divinité redoutable, je hais le grand jour. Les dieux bien appris recherchent ordinairement la nuit et le silence ; faisons comme eux, et mettons le cap sur ce banc de roseaux, remettant à plus tard la continuation de notre voyage. »

A la nuit, le « canot fétiche » sillonna de nouveau les flots du lac. Quand parut le jour, il n'était pas éloigné de plus d'un quart de mille de l'île de Mgussa. Comme l'avait dit Jouffroy, elle était évidemment de formation volcanique. Peu boisée, aride à ses sommets, on eut dit le cratère d'un volcan subitement émergé des flots.

Moins d'une heure après, le « canot fétiche » reposait sous les roseaux, et les aventuriers, toujours conduits par Jouffroy, gravissaient un petit sentier taillé dans le roc et conduisant à une grotte profonde, ancien temple où l'ex-divinité rendait ses oracles.

Au moment où ils allaient s'engager sous les sombres voûtes de la caverne, un rugissement rauque retentit, sourdement répété par les échos. Max et Fil-d'Etoupe armèrent précipitamment leurs fusils; mais Jouffroy leur fit signe de demeurer en repos.

— Ici, Abdallah ! cria-t-il.

Une tête fauve aux yeux brillants apparut alors; puis le corps souple et gracieux d'un félin. C'était un lion de la plus belle taille, à la démarche aisée, à la crinière ondoyante. Dédaigneux des étrangers, il vint, à l'appel de Jouffroy, se coucher près de lui, son gros muffle reposant sur le pied de l'aventurier.

— Mais c'est un lion !

— C'est mon plus fidèle serviteur, dit Jouffroy en souriant. Doux et intelligent, il s'irrite pourtant facilement, et plus d'un noir qui ont voulu nous attaquer conservent sur leurs épaules la trace des griffes d'Abdallah... Au demeurant, la meilleure bête du monde.

Les aventuriers marchaient de surprise en surprise.

— Et tu l'as dompté?

— Entendons-nous : la reconnaissance me l'a

sonmis. C'est un peu l'histoire d'Androclès, avec quelques variantes pourtant. Cette bête magnifique n'a pas quatre ans. C'était un lionceau lorsque nous fîmes connaissance. Forcé, pour me défendre de tuer la mère, j'ai adopté le fils; dans les commencements la tâche était dure, car l'animal se montrait rétif; mais, dégoûté de tout depuis que j'avais perdu mon meilleur, mon unique ami, je pris plaisir a cette éducation singulière, et quelques mois ne s'étaient pas écoulés, qu'Abdallah connaissait ma voix et m'obéissait comme un chien à son maître.

— C'est égal, murmura Max, un tel gardien peut devenir dangereux.

— Allons donc! D'ailleurs, Dieu a mis dans le regard de l'homme ce rayonnement presque divin qui force la brute à se courber devant lui. Que les regards étincellent et se croisent comme des épées, celui de l'homme devient bientôt magnétique, impérieux, et la brute courbe la tête reconnaissant son infériorité. Et puis, je vous l'ai dit, excepté le tigre peut-être, il n'est pas de créatures animées que l'homme ne puisse se soumettre.

Et, comme pour donner plus de poids à ses paroles, Jouffroy étendit la main vers l'entrée de la caverne.

— Va... dit-il.

Le lion, obéissant, alla s'accroupir derrière un quartier de rocher qui, du dehors, masquait l'entrée de la redoutable demeure, le regard fixé sur le lac.

Cependant les aventuriers avaient atteint le fond du couloir rocheux qui, autant qu'on en pouvait juger à la lueur d'une grande lampe alimentée par de la graisse d'hippopotame, se terminait par une sorte de rotonde aux parois bizarrement taillées et étincelant comme des stalactites.

Mais ce qui rendait ce séjour horrible, c'étaient les squelettes d'hommes et d'enfants, les hideux serpents qui se dressaient de tous côtés. Des symboles mystiques se voyaient aussi attachés aux parois rocheuses, surtout des rames, personnifications évidentes de l'auguste divinité du lac.

— Oui, dit Jouffroy, j'ai laissé ce lieu comme je l'ai trouvé; mais rassurez-vous pourtant. Ces horribles reptiles ne sont que des peaux grossièrement empaillées et capables de causer plus d'effroi que de mal. Quant à ces pauvres squelettes, c'eût été une profanation de les jetter dans le lac; ici, les morts ne gênent pas les vivants. Mais soupons.

Malgré les allégations de Jouffroy, il se passa bien du temps avant que les aventuriers pussent s'habituer à cette étrange demeure. Pourtant, ils n'étaient pas à bout d'étonnements.

En disant: « soupons », Jouffroy avait heurté le rocher de la crosse de son fusil. Aussitôt, un noir sortit d'une autre chambre ménagée dans les profondeurs de la grotte, et se tint prêt à obéir aux ordres de son maître.

— C'est mon esclave, dit encore Jouffroy.

— Ton esclave !

— Distinguons ! Il se donne ce titre: moi, je

l'appelle mon serviteur. Son histoire est moins longue, mais tout aussi intéressante que celle d'Abdallah.

— Nous écoutons.

— Il y a environ un an, nous chassions, Bélé-chasse et moi, dans les forêts de l'Oukaragoué, lorsque nous aperçûmes une chaîne d'esclaves conduite par des trafiquants portugais. Tout à coup, comme il arrive souvent, un de ces pauvres diables jette sa charge à terre et... prend ses jambes à son cou. Les traitants le poursuivent et l'atteignaient déjà lorsque je m'interpose. L'accord fut bien vite conclu; il m'en coûta ma montre; mais, à mon tour, je devins possesseur d'un serviteur dévoué. N'est-ce pas, M'Toëe?

— Oui, dit le noir d'un ton guttural en prenant la main de Jouffroy qu'il plaça sur son cœur.

— Il parle donc le français?

— Un peu, je suis son professeur.

— A merveille, répondit Max; mais en avons-tous fini avec les surprises.

— Sans doute, à moins que le souper ne vous n ménage de nouvelles.

— Après ce qui nous est arrivé, nous devons lous attendre à tout.

Max avait raison: jamais menu plus singulier n'avait paru devant des Européens.

C'étaient:

Une soupe à la tortue;

Un rôti de porc-épic;

Un ragout de trompe d'éléphant avec des fèves sauvages;

Une cuisse d'autruche grillée;

Un plat de pintade entourée d'un chapelet de perdrix;

Des œufs de crocodiles, à la saveur musquée;

Enfin, un civet de lièvre.

Pour boisson, du « pommbé »;

Pour dessert des bananes, des fruits sauvages et un rayon de miel.

Le tout couronné par une tasse d'excellent café, de cette espèce qui croît en gousses comme les fèves sur des arbres géants, sucré avec du miel et accompagné de l'inévitable « pousse café », celui-ci obtenu par la distillation des bananes dans un alambic grossier, fabriqué avec un peu d'argile et un roseau.

Quant au pain, il était représenté par des galettes.

Cet étrange repas, servi par M'Toëe dans des moitiés de citrouilles et des plats de fabrication locale, lassa bientôt l'appétit des convives. Mais si les mâchoires se taisaient, les regards étaient éloquents. Tournés vers Jouffroy et Béléchasse, ils semblaient leur demander l'explication de toutes ces énigmes, dont seuls ils avaient la clef.

Jouffroy le comprit.

— Tout vous surprend, tout ici irrite votre curiosité, dit-il; mais patience, elle sera bientôt satisfaite.

— Oh! dit Max, ce qui m'intrigue le plus, c'est

la manière dont vous êtes parvenus à vous entourer d'une sorte de confortable, si non élégant, du
moins réel.

— Tout est pourtant de fabrication locale, répondit encore Jouffroy. Séparés d'une société
vicieuse, vivant en véritables robinsons sur ce lac,
comme Crusoë ou plutôt Selkirk, nous ne devions
rien attendre que de notre industrie, et chacun
s'est ingénié à tirer le meilleur parti possible des
richesses naturelles qui nous environnaient.

— Hurrah ! pour les « Robinsons du Victoria-
N'yanza » ! s'écria Fil-d'Etoupe en levant le cornet
de feuille de palmier qui lui tenait lieu de verre.
Je bois à leur prochain retour dans leur belle
patrie !...

— J'accepte le toast, répondit Jouffroy.

Puis il reprit :

— Je vois que vous brûlez du désir de connaître
mes aventures... mon devoir est de vous satisfaire.
Mais, auparavant, j'ai deux mots à dire à Abdallah
et à M'Toëe, mon noir « Vendredi. »

Il se leva, alla à l'entrée de la caverne jeter un
rapide regard sur la surface du lac où tout était
paisible, fit signe à Abdallah et à M'Toëe de ne
pas quitter leur poste d'observation et revint près
de ses compagnons.

— Voilà des pipes et du tabac de fabrication
indigène, reprit-il ; la gourde d'alcool de banane
est encore pleine, la lampe peut brûler plusieurs
heures, tout est tranquille dans les environs, je
puis donc commencer.

Quelques minutes après la fumée de cinq pipes montait en spirales bleuâtres aux voûtes bizarres de la grotte, et Jouffroy, après avoir consulté ses souvenirs, commença son récit.

Jamais histoire plus romanesque et pourtant plus véridique n'avait eu un tel théâtre, des auditeurs aussi attentifs.

XIII

— Ce fut la mort dans l'âme, commença Jouffroy, que nous quittâmes ce lieu sinistre qui nous coûtait tant de sang et de regrets. Les noirs Sénégalais, les porteurs Okanda nous suivaient lentement, et, sur leurs noires figures la douleur et l'abattement se lisaient tour à tour.

« Nous marchâmes ainsi toute la nuit, dirigeant notre course vers le nord-ouest; quand le jour parut, nous revîmes une plaine aride et désolée se confondant au loin avec les teintes cuivrées de l'horizon. Nous nous comptâmes : hélas! que de vides dans notre vaillante armée! que de pertes à déplorer! Des sanglots de rage me montaient à la gorge quand je songeais à tous ces braves tombés sous les flèches des Vouadirigo ou frappés par les éclats de roche.

» Mais les tortures qui m'assiégeaient augmentèrent bientôt : Fil-d'Etoupe, ce vaillant enfant qui nous avait tous sauvés dans la « plaine embrasée », Fil-d'Etoupe n'était plus là...

» Je voulus retourner en arrière, essayer de découvrir sa trace... Misère ! je ne m'appartenais plus ! Les hommes avaient vu mes larmes, ma faiblesse ; à mon tour, j'étais leur esclave.

» Il fallut marcher, toujours marcher sans essayer de regarder en arrière. Que m'importait, après tout ? n'avais-je pas perdu celui que je m'étais toujours plu à considérer comme un frère ? Notre amitié datait de trop loin ; elle s'était cimentée, affermie au milieu de trop de dangers terribles, pour qu'en se brisant elle ne me brisât pas le cœur.

» Marchant toujours dans la même direction, nous traversâmes les vastes territoires des Vouamasaïs, mélangés d'immenses plaines, de plateaux verdoyants, de pâturages épais, coupés çà et là de lacs et de marais salins, de profonds « moullahs », chez ces peuples pasteurs, le peu d'objets d'échange que nous conservions encore nous assurèrent une cordiale hospitalité sous les huttes de bambous. Pourtant, il nous fallut, plus d'une fois, défendre, les armes à la main, nos misérables existences. La vie m'était à charge maintenant ; trop fier pour en finir par un suicide, je me jetais dans les combats en fou, en désespéré. Comme il arrive toujours, la mort ne voulut pas de celui qui s'offrait à elle : Dieu, pour prix de mes souffrances, me réservait le bonheur ineffable de vous revoir un jour.

» Cependant, toujours prudent, Béléchasse remarqua que les Sénégalais et les porteurs Okanda avaient de fréquents et secrets conciliabules, et que, lorsque nous nous approchions, ces « palabres » cessaient subitement. D'un air sombre, les hommes reprenaient leurs charges; mais notre voix n'était plus écoutée et notre autorité semblait méconnue.

» Une révolte fomentait sourdement.

— » Qu'importe, après tout, disais-je à Béléchasse; je ne tiens plus à la vie.

— » Permettez! me répondait-il. La vie m'est précieuse encore. Tout ceci me fait l'effet d'un mauvais rêve, et j'aspire au moment où je me réveillerai dans ma jolie chambre de la rue des Martyrs, sage cette fois, désabusé des longs voyages et ne recherchant les émotions, les aventures merveilleuses que dans les feuilletons de mon cher *Pays*... »

« Pauvre ami !

» Enfin après quatre mois de peines et de souffrances horribles, n'ayant échappé à la mort qui s'offrait à nous sous toutes ses formes, que par un miracle constant de la Providence, nous entrâmes sur les terres de l'Ounyamuésie, à quelque vingt lieues seulement du point où nous avions passé lors de notre retour du Tanganyika.

» Les Vouanyamuési appartiennent à une race forte et intelligente. Souvent, en passant auprès de leurs « temmbés », nous nous arrêtions pour les voir, cyclopes à demi-nus, marteler le fer sous leurs mains puissantes. Pendant qu'un « apprenti » active le brasier à l'aide d'un soufflet de fabrication indigène, le fer est forgé, sur une enclume de pierre, avec des marteaux également en pierre, sans manche, que le frappeur tient à deux mains, faisant jaillir de rouges étincelles du métal chauffé.

» Pendant ce temps, les femmes, leurs *bébés* sur l'épaule, cultivent les champs de sorgho ou brassent dans d'énormes vases la quantité de « pommbé » nécessaire à la famille. Habitués à servir de porteurs aux caravanes qui sillonnent sans cesse le pays, ces indigènes sont assez affables, mais rapaces et pillards au dernier des points.

» Nous qui n'avions rien, nous ne pouvions qu'éviter leurs villages, heureux quand, après une journée de marche sous le soleil ou l'orage, nous pouvions reposer nos membres brisés dans quelque hutte isolée.

» Cependant, on marchait toujours, mais à quel prix ! Nos gens passaient ouvertement de l'obéissance à la révolte, et, plusieurs fois, le revolver appuyé sur le front du plus mutin, il me fallut leur intimer sous menaces de mort l'ordre de reprendre leurs bagages. Ils obéissaient avec de sourds murmures, et nous connaissions trop cette race ingrate, pour ne pas comprendre qu'ils nous abandonneraient à la première occasion.

» Cette occasion ne tarda pas à se présenter.

Depuis si longtemps que nous courions la jungle,
nous sentions le besoin de nous refaire, coûte que
coûte, par quelques jours de repos. Nous avions
dépassé le district de Msalala et entrions dans
l'Ouzinza; le village de Bogoué était devant nous;
nous y entrâmes après avoir expédié deux embas-
sadeurs au chef.

» Notre entrée fut triomphale; les tambours de
notre hôte nous acclamaient par une sérénade
infernale, et, des deux côtés des palissades du village, toute une population noire et à demi-nue se
pressait, se bousculait pour jouir de la vue des
grands « hommes blancs. »

— « Digne peuple! pays magnanime! » exclama
Béléchasse en pressant Bellotte pour lui faire
prendre le trot.

» Mais la médaille ne tarda pas à étaler son
revers. Des hommes puissants comme nous devaient avoir tout à profusion, et nous ne savions
comment régler le « m'honngo » ou droit de passage. Comment faire? Tout à coup, il me vint une
idée : j'avais embarqué sur la *Belle-Amélie* deux
caisses qui, jusqu'à ce jour, n'avaient pas été
ouvertes.

» C'étaient les dernières...

— » Nous sommes sauvés! dis-je à Béléchasse.

— » Comment?

— » Vous allez voir. »

« Et vite, les couvercles furent enlevés. Les
caisses, alors, étalèrent aux yeux des naturels
leurs trésors rutilants : c'étaient des bijoux en

cuivre, des montres à répétition, des chiens, des
chats, des souris, des serpents articulés, des pan-
tins élastiques, des sonnettes, des couteaux, des
miroirs, etc., etc., empruntés aux étalages d'un
bazar à treize sous. Comme on le pense, l'effet fut
magique : chèvres, poulets, bananes, « pommbé »
affluèrent en échange de ces trésors merveilleux.

» Encore une fois, nous étions sauvés.

» Cependant l'œil du chef s'était allumé de con-
voitise à la vue de ces richesses que nous étalions
sans aucune prudence. Satisfait en apparence de la
part qui lui était échue, il convoitait le tout.

—» Oh ! disait Béléchasse qui se félicitait de
l'accueil que nous recevions, si tous les Africains
ressemblent à ce chef magnanime, nous serons
bien vite rendus au port. »

« Et il reprit après une pause.

—» Décidément, où allons-nous?

—» Je ne sais...

—» Comment, vous n'avez pas un plan, une
idée !

—» J'ai l'idée de rejoindre Max, dis-je d'une
voix sourde. Et puis, que nous importe? marchons
toujours... Comme les Hébreux dans le désert, Dieu
nous guidera.

—» Ce n'est pas une réponse !... Où aboutiront
ces marches et ces contre marches ?

—» Peut-être nulle part, peut-être en Egypte.
Mais, si vous y tenez absolument, nous pouvons
encore retourner sur nos pas.

—» Et il faudra encore traverser l'Ousagara?

— » Sans doute. »

« Béléchasse se redressa frissonnant.

— » Non ! s'écria-t-il, non, pas par là !... Puisque vous croyez que cette route nous mènera en Egypte, va pour l'Egypte ; mais, au nom du ciel, ne nous exposons pas au fer de ces cannibales... »

« Le lendemain, un guide nous attendait pour nous conduire au village de Gombé. Nous fûmes sensibles à cette gracieuseté, car, possédant dans ma tête la cartalogie complète de l'Afrique, je voyais que nous approchions du lac Victoria-N'yanza. Jugez pourtant si nous devions nous féliciter des bons offices du chef de Bogoué : le guide nous conduisit dans une embuscade, où nous laissâmes cinq de nos hommes et les deux fameuses caisses, causes du conflit !

» Indignés d'une pareille trahison, nous nous étions battus comme des lions. Béléchasse, lui-même, avait, pour un instant, oublié sa timidité naturelle ; les assaillants fuyaient dans toutes les directions, et bientôt, las de les poursuivre, nous retournâmes vers l'endroit ou nous avions laissé nos hommes.

» Là, une nouvelle déception nous attendait. Ce fut en vain que nous fîmes retentir les échos de nos cris, de nos appels désespérés, personne ne répondit...

» Nous étions abandonnés !...

» Or, pour comprendre combien ce mot « abandon » était terrible, il fallait revenir sur le passé, se rappeler les efforts souvent infructueux de plu-

sieurs centaines d'hommes, se dire qu'on était
seul... seul à vaincre et à combattre!

— » Les lâches ! disait Bélêchasse en se tordant
les poignets de désespoir. Les lâches !!!

— » Du calme! lui dis-je. Aussi abandonnés que
nous le paraissons, nous ne sommes pas seuls...
Non, un Maître puissant nous voit et nous protége.
Laissons-là ces ballots qui ne nous seront d'aucune utilité, prenons seulement nos armes et nos
munitions et continuons notre route. Le succès
couronnera nos efforts.

— » Hélas ! »

« Nous fîmes des paquets de nos munitions que
nous chargeâmes sur le dos de Bellotte, restée
fidèle à la fortune de son maître et nous poussâmes
en avant.

» La poudre était notre plus précieuse ressource
maintenant que, sans doute, il nous faudrait pour-
voir par la chasse à notre subsistance, repousser
les attaques des hommes et des fauves. Heureusement cette quantité qui, avec l'escorte, eut été
gaspillée en moins de deux mois, pouvait nous
durer deux ans et plus.

» La prudence nous commandait de ne pas nous
montrer, aussi, adoptant un nouveau programme,
nous résolûmes de ne plus marcher que nuitam-
ment et de passer les heures brûlantes de la journée
dans les vastes ramures de quelque géant de la
végétation équatoriale A vrai dire, souvent nous
étions obligés de disputer notre gîte aux serpents

et aux léopards ; mais, pour nous, l'ennemi le plus
à craindre, c'était l'homme.

» Comment ne succombâmes-nous pas vingt fois ?

» Je l'ignore...

» Nous étions faits, rompus à cette vie de priva-
tions et de dangers terribles, qui nous vieillissait
avant l'âge et couvrait de neige nos fronts bronzés.
Je parle pour moi, car mon pauvre compagnon
avait depuis longtemps perdu son unique perruque.

» C'est ainsi que nous traversâmes l'Ousui, pays
sauvage, féroce même ; car, dans deux tentatives
que nous fîmes pour essayer d'obtenir une hospitalité de quelques heures, nous faillîmes y laisser
nos os.

» Souvent, le jour, du haut de nos abris aériens,
nous voyions passer sous le bois des bandes de naturels, armés de flèches et de lances, le corps tout
luisant d'argile et d'huile de palme. Du haut de
nos observatoires, nous avions aussi des points de
vue superbes. Tantôt, c'était l'immense surface du
lac qui nous apparaissait dans le lointain, tout
baigné de lumière, tout hérissé de massifs d'un
vert tendre, qui nous semblaient autant d'îles fortunées ; tantôt c'étaient les pics rougeâtres des
montagnes, des collines de l'Oukaragoué, tandis
qu'à nos pieds, se déroulaient, comme des tapis
d'émeraude, de véritables océans de verdure, d'où
surgissaient de gracieux bouquets d'acacias et de
palmiers, ou des buissons d'indigo sauvage et
d'énormes chardons.

» Bientôt nous arrivâmes à la frontière de l'Oukaragoué.

XIV

« L'Oukaragoué, où nous entrions, est un pays riche de tous les trésors que prodigue la nature sous ces zones fortunées. Ses plaines, ses montagnes, ses vallées plaines d'ombre et de fraîcheur, de gazouillement d'oiseaux et de clapotis de cascatelles, en feraient un véritable paradis sur la terre, sans l'abondance des animaux nuisibles, fauves, serpents, rhinocéros, hippopotames, éléphants, crocodiles qui s'y rencontrent partout.

» L'administration toute paternelle — pour l'Afrique — du roi Roumanika est une des causes de sa prospérité ; j'ajouterai encore que, habitués à commercer avec les traitants de tous pays, les Vouahoumas et les Vouanyembos (1) savent pratiquer les lois de l'hospitalité.

» Ils possèdent de nombreux troupeaux de vaches, dont le lait semble la monnaie courante du pays : il sert à l'engraissement des femmes — suprême beauté de l'Oukaragoué — et paye les soldats ; mais, par un préjugé superstitieux assez bizarre, jamais un étranger n'en obtiendra pour ses besoins. (2)

» Cependant, malgré toutes ces raisons, nous ne laissâmes pas, Béléchasse et moi, de nous soustraire à tous les regards. J'avais entendu vanter l'hospitalité de Roumanika ; mais sa cour n'avait rien de bien attrayant pour moi, et passer le reste de ma vie au milieu d'une population encore livrée à tous les excès de la barbarie, en compagnie de princesses qui, à force de se gorger de lait frais sont parvenues à égaler un tonneau en rotondité, était une perspective qui ne me souriait pas beaucoup.

» Nous avions assez éprouvé nos forces et notre énergie pour pouvoir compter sur elles, le cas échéant. Trappeurs Africains, la chasse fournissait amplement à notre nourriture et à la reconstitution de notre garde-robe ; que pouvions-nous désirer de plus ?

(1) Principaux habitants de l'Oukaragoué.

(2) Ils craignent pour leurs bestiaux le contact impur de ceux qui mangent de la chair de porc et de sanglier.

— » Etre dehors de ce pays! disait Béldchasse avec un soupir.

— » Marchons toujours, et nous finirons bien par arriver à un port quelconque.

— » Dieu veuille que ce soit le bon !

— » N'en doutez pas, mon ami... »

« Et nous voilà, suivant le programme que nous avions adopté, arpentant les plaines et les monts de l'Oukaragoué, rencontrant parfois de misérables huttes de bouc et de jonc, mais parfois aussi des demeures élégantes et construites sur le modèle du palais de Roumanika.

» C'étaient les habitations des grands, reconnaissables aux colonnes de palmiers qui en soutenaient le toit, aux panoplies de boucliers, de lances et de poignards qui les décoraient. L'intérieur, au moyen de cloisons mobiles faites de paille et de jonc tressés et qui rappellent nos anciens paravents, se divisait en plusieurs chambres. La plus reculée était ordinairement réservée aux femmes. C'est là que trônaient ces Vénus à la peau d'ébène qui, par la rotondité de leur taille, les boursouflures de la graisse sur leur corps et leur visage, faisaient vaguement songer aux hippopotames.

» Ces détails nous furent révélés par le hasard, alors que la fatigue et la faim, l'orage ou l'impossibilité de franchir, sans canots, les rivières importantes, nous forçaient de nous rapprocher des centres populeux. Plusieurs fois même, on voulut nous mener à Roumanika; mais, toujours, notre prudence sut déjouer ces complots.

» Chez ces peuples, les princes et les grands imitent les usages et le costume des Arabes, qui tendent à s'imposer de plus en plus dans le pays, comme le prouve la récente concession de Mtésa. Mais le peuple, trop pauvre, trop méprisé pour pouvoir suivre ces innovations, se contente, en attendant mieux, d'une ceinture sommaire, dont la dépouille de ses troupeaux ou quelquefois celle d'un fauve fait tous les frais.

» Cependant, il fallait nous hâter. Les tentatives pour nous amener au palais du roi étant de plus en plus pressantes, nous nous jetâmes dans les montagnes de l'Haiya, préférant combattre les éléphants que les hommes.

» Nos marches de nuit avaient cet avantage de nous préserver des chaleurs accablantes, car en dépit de l'idée qu'on s'en fait, les nuits d'Afrique sont fraîches, froides souvent, et de nous permettre de doubler, de tripler même les étapes que les guides font de quelques heures seulement. Allant à notre volonté, nous prenions toujours le plus court chemin, nous dirigeant sur l'aiguille d'une boussole que j'avais heureusement conservée, et traversant les villages endormis, le « m'houngo » ou droit de passage, devenait pour nous lettre morte.

» Cette existence vagabonde avait pourtant l'inconvénient de nous assimiler au rang des maraudeurs et de nous faire, parfois, traquer comme tels. Mais, que nous importait? Forts de notre conscience, de l'honnêteté de nos intentions, nous

avions pris le parti de ne plus songer aux obsta- /
cles que pour les vaincre. Attaqués, nous nous
défendions comme nous le pouvions; mais jamais
il ne nous vint à l'idée d'user de représailles,
c'est-à-dire de devenir agresseurs à notre tour.

» Les événements de cette existence vagabonde,
dont le récit détaillé remplirait des volumes, nous
amenèrent un soir sur les bords de la rivière
Kitangoulé, fort cours d'eau, qui roule comme un
torrent impétueux entre deux rives taillées dans
du granit, et va se jeter ans le Victoria-N'yanza.
Par bonheur, il faisait nuit, et le propriétaire du
bac reposait, suivant toutes probabilités, au fond
de sa case de bambous.

» Déjà, nous avions mis une barque à flot, et
nous allions nous embarquer, lorsque Béléchasse
me tira par la manche.

— » Du bruit!... dit-il.

— » Où? fis-je en armant précipitamment mon
fusil.

— » Ecoutez! »

» En effet, j'entendais comme un aboiement
plaintif, bientôt les bambous s'écartèrent, et une
chienne, accompagnée de six petits, vint se coucher à mes pieds en jappant joyeusement. Elle
appartenait à cette puissante race dont les traitants se font accompagner dans leurs chasses à
l'homme. Sans doute, arrivée au terme de sa
grossesse, elle s'était retirée à l'écart pour mettre
bas et avait perdu la caravane. Comme elle témoignait le désir de nous suivre, nous ne nous y

opposâmes pas, enchantés au contraire de nous adjoindre d'aussi puissants auxiliaires.

» De cette meute vaillante, il ne reste plus aujourd'hui que Myriam et Sélib, les deux dogues que vous avez vus. Les autres sont glorieusement tombés en combattant le lion et le rhinocéros.

» Mais, je reprends mon récit.

» Nous traversâmes la rivière, large en cet endroit de plus de vingt-cinq mètres ; arrivés sur l'autre rive, c'est-à-dire au sommet des rochers qui l'encaissent, nous continuâmes notre route vers la chaîne de montagnes qui se dresse comme une frontière naturelle entre l'Oukaragoué et l'Ouganda.

» Hélas ! la chance, cette fois, fut loin de nous favoriser. A peine avions-nous franchi la frontière que nous tombâmes, presque sans nous en apercevoir, dans un village fortifié. Les tambours battirent à notre approche, les fifres de roseau firent entendre leurs notes criardes, et le « Pokino », en grand costume, s'avança vers nous.

» Nous n'avions évité Souhouarora et Roumanika que pour tomber au pouvoir de Mtésa !...

» Grâce à notre long séjour dans l'intérieur de l'Afrique, nous parlions quelques mots, les plus usuels, des différents dialectes. Quand la parole nous faisait défaut, les nègres, véritables mimes, y suppléaient par le geste.

» C'est ainsi que nous pûmes nous entendre.

— » De quel droit nous arrêtez-vous? dis-je au « Pokino. »

— » Rassurez-vous, me répondit celui-ci avec un sourire qui découvrit toute sa mâchoire; il ne vous sera fait aucun mal. Mtésa n'est pas un souverain vulgaire : il aime les blancs et les comble de distinctions ; sa cour sera pour vous une patrie véritable.

— » Et comment y parviendrons-nous?... Nous sommes seuls, sans marchandises pour payer les droits de passage, sans soldats pour nous protéger.

— » Vous êtes les hôtes du roi, et, à ce titre, exempts de toute redevance. Les chefs des différents villages que vous traverserez vous accueilleront comme des frères, et pourvoiront à vos besoins ainsi qu'à votre sécurité. Dans l'Ouganda, ajouta-t-il, avec orgueil, il n'est pas d'usage de rançonner les voyageurs.

— » Allons, dis-je à Béléchasse, le sort en est jeté, va pour Mtésa. »

» Un courrier fut envoyé à ce prince, qui, apprenant cette étonnante nouvelle de deux blancs parcourant son pays, sans marchandises pour se défrayer en route, sans escorte, expédia aussitôt un officier, avec huit vaches qu'il nous destinait, et l'ordre de presser notre arrivée.

» Je ne vous dépeindrai pas le pays que vous avez traversé, je me bornerai à vous raconter ce qui est strictement nécessaire à l'intelligence de mon récit.

» Précédés par le titre imposant d' « hôtes du roi », toutes les difficultés s'aplanissaient devant nous : les chefs des districts que nous traversions nous fournissaient de vivres et nous procuraient des abris; nous gardions nos armes; nous étions libres en apparence; mais nos yeux étaient trop clairvoyants pour ne pas voir que l'escorte, qui nous suivait partout, était là dans un but tout autre que celui de nous faire honneur.

» Toujours est-il que les populations se massaient sur notre passage.

— » J'ai toujours pensé depuis que je suis en Afrique, me dit Béléchasse, à cette monomanie stupide qui pousse tous les peuples de la terre à se bousculer, à s'écraser pour contempler tout ce qui leur paraît étrange. C'est bien triste à dire, mais nous jouons ici le rôle de ces hommes et de ces femmes sauvages qui s'exhibent si complaisamment sur les tréteaux de nos foires.

— » Moins la viande crue et l'étoupe enflammée que ces messieurs et ces dames avalent aux yeux du public ébahi, et qui se persuade de bonne foi que c'est l'unique nourriture du pays, répondis-je en souriant.

— » Hélas! vrais sauvages, ou matelots déguisés, ils n'ont à craindre ni les flèches empoisonnées, ni les poignards!... voilà en quoi leur situation est préférable à la nôtre... »

» Nous étions émerveillés du pays fertile et bien cultivé que nous apercevions. A chaque pas, c'étaient de nouvelles scèneries qu'on eut dit « faites à souhait pour le plaisir des yeux. » Température supportable, riches champs et vergers, villages agréables et bien soignés, collines aux ondulations gracieuses sous leurs riches parures de verdure, « noullahs » cristallins, tout se réunissait pour faire de ce pays un des plus beaux du monde.

» J'aimais à penser aux services qu'il pourrait rendre, aux profits qu'on en pourrait tirer si, à la place de ce pouvoir usé et vieilli avant l'âge par les excès, croulant dans la fange et le sang sous le poids des malédictions des peuples, il se trouvait un gouvernement fort et puissant, basé sur le droit et la justice.

» Mais Béléchasse m'interrompait dans mes réflexions philosophiques et humanitaires, pour me montrer les gens de notre escorte pillant et fourrageant sans vergogne sur la propriété d'autrui.

» Si nous interrogions notre noir conducteur, il nous répondait invariablement :

— » Vous êtes les « hôtes du roi », vous avez le droit de vous approvisionner vous et vos gens partout où il vous plaira. Il en coûterait la tête à quiconque s'y opposerait.

— » Alors ces soldats ?

— » Ces soldats appartiennent au roi et voyagent pour son service. Au pays qu'ils protégent et défendent de subvenir à leurs besoins. C'est justice. »

» C'était, avec quelques variantes, ce fameux « droit de provision » si en honneur pendant la féodalité et contre lequel se sont déchaînés tous les réformateurs du moyen âge.

» Du reste, ce n'était pas la première fois que les usages et les institutions du royaume, usages et institutions basés sur l'hérédité des fiefs, me rappelaient la constitution politique de l'Europe pendant la période du moyen âge.

» C'est ainsi que — au milieu d'intéressantes investigations, de causeries amicales avec notre noir gardien, — nous traversâmes ce pays merveilleux pour arriver à la résidence préférée de Mtésa.

» Ce puissant monarque, après avoir pris l'avis de ses sorcières et de ses officiers, décida qu'il nous recevrait le surlendemain.

» Nous allions donc contempler sans entrave toutes les splendeurs et toute la barbarie d'une cour africaine !

» La curiosité faisait taire nos angoisses. »

XV

Interruption. — Les canots de l'Ouganda bravent la superstition et cernent la grotte. — Préparatifs de combat. — Une idée de Jouffroy. — Stratagème de M'Toée et des deux dogues. — Mgussa protège les blancs ! — Déroute de la flotte. — Continuation du récit de Jouffroy. — La cour de Mtésa. — Ce prince, ses sorcières et ses courtisans. — Jouffroy et Béléchasse généralissimes des armées. — La soif du sang. — Jalousie. — Projets de fuite. — La position devient insoutenable.

En cet endroit de son récit, Jouffroy fut interrompu par un rauque rugissement d'Abdallah.

Les chiens, eux aussi, donnaient des signes d'inquiétude.

— Bon, dit Jouffroy, il se passe du nouveau au dehors.

Au même instant M'Toé entra.

— Maître, dit-il dans son langage imagé, trois
fois dix canots s'avancent sur le lac.

— Bien ! fit Jouffroy simplement.

Et se tournant vers ses amis :

— Messieurs, reprit-il, comme tout bon romancier, je dois ménager mes effets, et renvoyer la
suite au prochain numéro. Prenez vos armes et
suivez-moi.

— Il y a donc du danger? interrogea Max
inquiet.

— Du danger! exclama Béléchasse qui, malgré
la bravoure qu'il avait déployée dans plus de dix
combats, tremblait comme une feuille. Mais dans
ce pays maudit le danger ne vous quitte jamais...
il vous environne de toutes parts, il vous guette
sans cesse, il vous étreint, il vous...

— Silence! dit Jouffroy.

Les aventuriers étaient arrivés à l'extrémité du
long couloir rocheux. Masqués par les saillies des
rochers, ils pouvaient voir sans être vus.

La nuit avait étendu sur le lac ses voiles de
crêpe foncé que déchiraient çà et là quelques
rayons égarés. Devant les rochers, sur les eaux
faiblement agitées se dessinaient des points noirs et
mobiles : c'était la flotte de l'Ouganda.

— Ils n'ont pas perdu de temps! murmura Jouffroy avec un sourire ironique.

— Mais nous vendrons chèrement notre vie!
dirent ensemble Edouard et Fil-d'Etoupe.

— Laissez donc vos armes. Ce n'est pas pour un

massacre mais bien pour une partie de plaisir que je vous ai emmenés ici ! riposta Jouffroy à M'Toée.

Le nègre s'avança et entama avec son maître une longue conversation en dialecte Ouganda. Quelques instants après, dépouillé de son vêtement d'écorce, un poignard à la main, il apparaissait sur le rocher comme une statue de bronze.

Les deux chiens étaient à ses pieds.

— Allez ! dit Jouffroy.

Les deux bêtes et le nègre plongèrent immédiatement dans les flots qui se refermèrent sur eux.

— Mgussa va parler ! dit Jouffroy avec le même sourire railleur.

Dominés par l'imminence du péril, les aventuriers ne répondirent pas.

En ce moment la lune perça subitement les voiles de vapeur répandus dans l'atmosphère, et versa sur le paysage des flots de lumière argentée. Alors il se passa un fait extraordinaire : les canots les plus rapprochés de l'île se disloquèrent subitement comme s'ils avaient touché sur des récifs à fleur d'eau, et une grande clameur s'éleva où dominait ce cri :

— Mgussa !... Mgussa !...

En un instant le lac fut couvert de débris flottants, de têtes effarées. Comme frappés d'une terreur sacrée, les marins des autres embarcations se hâtèrent de faire force rames, poursuivis par la foule des naufragés qui ne cessaient de les supplier de les recueillir.

— Je voudrais bien savoir ce que Mtésa en pensera! ricana Jouffroy.

— Mais que se passe-t-il?

— Rien que de bien simple. Les liens d'osier qui retiennent les planches de ces embarcations, ont cédé sous le poignard de M'Toëe et les crocs acérés des deux dogues. C'est un stratagème imité des naturels de l'île d'Ouvouma. Vous voyez bien que je n'ai pas le mérite de l'invention; pourtant ces brutes en feront honneur à leur stupide Mgussa...

— Que de cadavres! murmura Max en frissonnant.

— Ne crains donc rien! ces drôles nagent comme des poissons, et la flottille qui se reforme au loin les recueillera, sois en sûr... Ils en auront été quittes pour un bain froid qui calmera leur ardeur guerrière.

— Et ton serviteur, et tes chiens, à quels dangers les exposais-tu.

— Aucun. Au milieu d'un effarement général, rien ne ressemble plus à une tête qu'une tête, et, forcé de reparaître à la surface, M'Toëe est resté confondu dans la foule. Quant aux chiens, c'est bien le moins que tu accordes à un dieu des serviteurs de cette trempe.

En ce moment le nègre reparut, son corps noir tout ruisselant de perles liquides. Fiers de leurs exploits, les deux chiens marchaient sur ses talons.

Abdallah, lui, n'avait pas bougé.

— Quelle vie, mon Dieu! quelle vie! murmura Achille Béléchasse. Bien sûr j'en mourrai...

— Vous vivrez, mon vieil ami, répondit gaiement Jouffroy, vous vivrez quand ce ne serait que pour raconter à nos petits enfants vos émotions dans l'Afrique centrale. Mais, continua-t-il, le rideau vient de tomber sur le dernier acte du drame, retournons dans notre antre et tâchons d'aviser ar moyen de sortir d'ici.

— Et nous compléter ton histoire, ajouta Max.

— Vous y tenez donc?

— Enormément! répondirent Fil-d'Etoupe et Edouard.

— Soit!

De retour dans la grotte, les pipes furent allumées de nouveau, le « pommbé » coula dans les cornets de palmier, et Jouffroy reprit son récit si étrangement coupé.

— Quand nous parûmes devant Mtésa, il était à Ousovara, sur les bords du lac, le Versailles champêtre de ce Louis XIV africain. Nous pénétrâmes dans la grande hutte décorée du nom de palais, et encombrée d'une foule de courtisans.

» C'était une grande salle, plus longue que large, à la toiture inclinée, supportée par deux rangées de colonnes en bois de « drem »; au fond, sous un dais de draperie était un fauteuil, le trône du monarque; des gardes des corps, drapés dans de grands manteaux rouges, le front ceint d'un turban, faisaient la police du palais et refoulaient

derrière la colonnade, les flots empressés des courtisans.

» Mtésa était un homme de trente-quatre à
trente-cinq ans environs, à la physionomie assez
belle, aux dents éblouissantes de blancheur. Vêtu
du riche costume arabe, il tenait la main appuyée
sur la poignée de son cimeterre, et jetait de rapides
regards sur les boîtes à fétiches, les cornes de
poudre magiques déposées à ses pieds et sur les
hideuses sorcières qui l'environnaient.

» Il serait difficile de rencontrer des types plus
hideux que ceux qu'offrent ces puissants personnages. Vieilles, cassées, les dents jaunes branlant
dans leurs alvéoles, les yeux éraillés par l'ivresse
que procure le vin de palme, ces mégères africaines ajoutaient encore par leur mise à l'horreur
qu'elles inspiraient. Vêtues d'étoffes d'écorces ou de
peaux tannées, elles s'entouraient le front et le cou
de serpents desséchés, de vipères hideuses.

» Plus elles sont laides, paraît-il, plus elles sont
redoutées.

» Ce sont pourtant ces affreuses mégères qui, à
la cour du plus civilisé des rois de l'Ouganda,
personnifient Hébé, c'est-à-dire la grâce, la jeunesse et font circuler à la ronde les coupes pleines
de vin de palme.

» Cependant, nous étions arrivés au pied du
trône. Metsa, alors se leva, nous serra la main et
déclara que nous étions les bien-venus.

— » J'ai toujours aimé les blancs, nous dit-il
avec un orgueil naïf, fixez-vous près de moi, et

bientôt, en faveur et en puissance, vous serez les premiers de l'Ouganda. »

» Nous acceptâmes avec reconnaissance, tant Mtésa était sincère alors, mais en faisant nos réserves pour l'avenir.

» Cette résolution parut enchanter le roi.

— » Je vais vous faire donner une maison et des esclaves, dit-il. En échange, vous dresserez mes soldats aux manœuvres européennes et m'aiderez à civiliser mes peuples. »

« Nous répondîmes naturellement que nous serions à sa disposition tant qu'il ne s'agirait pas d'occupations contraires à la dignité des blancs. Nous remerciâmes aussi Mtésa de la demeure qu'il nous offrait, et nous insistâmes pour avoir un train de maison en rapport avec notre position sociale et des serviteurs.

» Nous appuyâmes sur ce mot.

— » C'est vrai, dit le roi, vous autres blancs, vous ne reconnaissez pas les esclaves.

— » Tous les hommes sont libres, répondis-je.

— » Allons, fit Mtésa avec un sourire ; vous serez logés dans mon propre palais. »

« Nous voilà donc installés à la cour de Mtésa, instruisant les soldats, raccommodant les vieux fusils, donnant des consultations sans avoir été reçus docteurs et suivant le roi dans ses excursions champêtres ou ses parties de chasse. Traités en personnages, nous eûmes bientôt notre cour de flatteurs et de courtisans, et je ne pouvais m'empêcher de sourire en pensant à la différence qui

existait entre la veille et le jour actuel : hier,
déguenillés, traqués de toutes parts ; aujourd'hui,
riches, honorés, puissants.

» Béléchasse, lui, était toujours sombre.

— » Comment tout cela finira-t-il, murmurait
ce pauvre ami entre une conversion à gauche,
qu'il conduisait tout naturellement à droite et l'école
le compagnie que j'essayais d'implanter dans la
cervelle de mes noirs soldats.

— » Bien, lui répondais-je.

— » Etes-vous décidé à finir votre vie ici?

— » Non, je l'avoue.

— » Alors, qu'attendez-vous?

» L'occasion, mon ami, et si elle se présente, je
la saisirai bien vite aux cheveux...

— » Hélas ! elle est comme moi, elle porte perruque!...

» Béléchasse avait raison, le ciel s'assombrissait
pour nous. Rien n'est plus changeant que le vent
de cour et, à peine arrivés, nous avions déjà nos
ennemis et nos délateurs. D'un autre côté, je ne
pouvais voir sans frémir, sans colère, les iniquités
qui s'accomplissaient chaque jour. Tant de sang
répandu ! tant de malheureux massacrés sous le
plus frivole prétexte, pour avoir négligé une salu-
tation, ou exposé par inadvertance une partie de
leur corps au regard du roi!... tant de jeunes
femmes sacrifiées aux plus grossières superstitions, aux caprices du tyran ! tout cela enflammait
mon indignation et me donnait le courage de pro-
tester...

» Le palais retentissait chaque jour de pleurs et de lamentations; les murs suintaient le sang comme les dalles d'un abattoir, et les pages étaient là prêts a happer la victime que les courtisans, les bourreaux plutôt, se faisaient un plaisir sauvage de frapper.

» C'est comme cela qu'on fait sa cour au roi dans l'Ouganda.

» Mtésa, musulman fervent en apparence, n'en était pas moins un tyran sans foi ni loi, un sauvage ignorant et grossier livré encore aux plus monstrueuses superstitions.

» Des Français, des chrétiens ne pouvaient tolérer plus longtemps un tel état de chose. Béléchasse, lui-même convint que mieux valait la vie des bois avec toutes ses fatigues et tous ses périls, que l'hospitalité si chèrement achetée de Mtésa.

» Choisissant une nuit obscure, nous cachâmes au pied de rochers, sur les bords du lac, toute la poudre, toutes les munitions que nous pûmes nous procurer, nos meilleures armes, et nous attendîmes les événements.

XVI

L'orage éclate. — La « reine des sorcières » se ligue avec
les courtisans jaloux des blancs. — Complot éventé. —
Encore dans les bois. — Comment Jouffroy apprit que
les blancs étaient prisonniers. — Projets qu'il forme
pour les délivrer. — Fin du récit de Jouffroy. — On
examine la situation. — Au sud ou au nord? — On choisit
la route du Nil. — Préparatifs. — Le « canot fétiche »
quitte l'île de Mgussa. — Le canal Napoléon. — Bataille.
— Sur les chutes. — Disparition d'Abdallah.

» L'orage qui fomentait sourdement à l'horizon
éclata enfin.

» La « reine des sorcières », froissée dans son
orgueil de femme et de prêtresse, de mes dédains
et de mes railleries sur son prétendu art magique,
se joignit aux principaux courtisans, mécontents
de la haute faveur dont nous jouissions auprès de
Mtésa, et, tous, s'efforcèrent de nous noircir et de
nous accuser de tous les crimes.

» Mtésa résista d'abord. Alors, la « reine des
sorcières » se résolut de frapper un grand coup;
les fétiches avaient parlé, disait-elle, et les plus
grandes calamités allaient fondre sur l'Ouganda si
les deux « magiciens blancs » n'étaient pas expul-
sés sur-le-champ.

» Aussitôt l'ordre fut donné de nous conduire,
à n'importe quel prix, hors des frontières du
royaume.

» Heureusement, un bon génie veillait, une
pauvre enfant que j'avais sauvée des brutales
fureurs de Mtésa. Sans perdre une minute, feignant

une indisposition, elle me fit mander près d'elle et me dévoila le complot.

» Un homme averti en vaut deux. Nous nous décidâmes à prendre les devant.

» Sortir de l'Ouganda était notre vœu le plus cher; mais pas comme l'entendait Mtésa, sous l'escorte de soldats qui, n'ayant plus rien à ménager, pouvaient fort bien nous assassiner pour s'épargner l'ennui d'une plus longue conduite. En conséquence, après avoir soigneusement pesé le pour et le contre, nous résolûmes de quitter le palais, nous en rapportant pour le reste à notre propre force et à la volonté divine.

» Nos armes et nos chiens étaient des porte respect suffisants. Mais Mtésa avait aussi pris ses précautions; mécontent d'avoir été prévenu, honteux de s'être laissé jouer, il fit soigneusement garder les frontières, jurant « par la barbe du prophète » qu'il nous aurait morts ou vifs.

» C'est alors que nous reprîmes notre vie de coureurs de bois, disputant à force de courage et d'énergie nos jours aux fauves et aux sauvages. N'ayant rien, nous fûmes obligés de tout créer; traqués sans cesse, nous dûmes, comme Olivier Cromwell, ne coucher jamais deux nuits dans le même gîte.

» Nous ne pensions pas alors que la superstition populaire deviendrait un jour notre égide et que l'asile que nous avions cherché dans l'îlot le plus sauvage du lac serait pour nous plus sûr que nos anciennes cases du palais de Mtésa.

» Ce ne fut que plus tard, en voyant les naturels s'écarter avec stupeur du rocher redoutable, fuir le canot que nous nous étions creusé dans un tronc d'arbre comme on fuit la peste, que nous comprîmes tout le parti que nous pourrions tirer de cette terreur stupide.

» Nos dogues et notre lion firent le reste.

» Nouveaux robinsons, nos personnes étaient désormais sacrées sur le lac. N'importe où nous tournions la proue de notre barque, la solitude se faisait devant elle. C'est ainsi que, un soir, cachés parmi les roseaux, nous entendîmes les indigènes parler de blancs arrêtés sous l'inculpation de sacrilège.

· » Des blancs ! c'est-à-dire des frères, des auxiliaires pour le projet que nous méditions... Oh ! comme le cœur nous battait dans la poitrine, rien qu'à cette idée que nous allions nous trouver en présence d'Européens, de compatriotes peut-être !... Il faut avoir vécu au désert pour comprendre, pour sentir combien sont douces de telles sensations...

— » Il faut les délivrer, dis-je à Béléchasse.

— » Oui, répondit-il sans hésiter ; oui, il le faut ! »

« Vous connaissez le reste.....»

Max se leva et vint doucement presser les mains de Jouffroy et de Béléchasse.

— Oh ! dit-il d'une voix émue, vous êtes les plus dignes, les meilleurs des amis, et je suis fier de pouvoir vous donner ce nom.

— Trêve de sentiments, répondit Jouffroy, et examinons la situation.

— Elle se présente assez nette, répondit Blénard.

— Assez corsée, renchérit Fil-d'Étoupe.

— Assez triste! murmura avec un haussement d'épaules significatif, l'ancien fabricant de papier à filtrer.

Seul, Ali ne dit rien.

— Silence! tonna Jouffroy. Je disais donc, reprit-il, que deux routes, deux points à atteindre se présentent à nous. La première route est celle de Zanzibar et le premier point, Tabora ou Kazech, d'où nous venons; la deuxième route et le deuxième point sont le Nil et Gondokoro, d'où vous venez.

« Quelle route choisirons-nous?

— Parlez, monsieur Max, dirent toutes les voix.

— La route de Gondokoro, à mon avis, est la meilleure, dit-il.

— Tu as raison, ami. Une chance nous est encore offerte; M'Toëe, né dans le Létouka, sera pour nous un guide sûr et dévoué. Nous sommes sept, continua Jouffroy, sept hommes énergiques, faits depuis longtemps à ce climat meurtrier, à cette existence de périls incessants, nous réussirons.

— C'est égal, dit Béléchasse, une bonne escorte ferait bien notre affaire.

Jouffroy haussa les épaules.

— Abdallah et nos deux dogues seront pour nous la meilleure des escortes, dit-il. Parlez-moi des escortes indigènes! voyez la nôtre!... voyez celle de nos amis!... un tourment, un ennui de tous les

instants, et pour la sécurité... néant!... Nous
n'avons pas de marchandises, à quoi bon alors
nous charger de créatures bonnes tout au plus au
métier de bêtes de sommes?

Puis il reprit après un moment de silence.

— Prenons quelque repos, et demain nous nous
occuperons de tout préparer pour notre long
voyage.

Quelques instants après, les aventuriers reposaient sur de moelleux matelas de coton sauvage
leurs membres endoloris par la fatigue. A l'entrée
de la caverne les deux dogues et Abdallah faisaient
bonne garde.

Les préparatifs de voyage ne furent ni longs ni
multiples, et pourtant ils prirent deux jours entiers. Laissant la grotte et ses amis sous la surveillance d'Abdallah et de Béléchasse, Jouffroy et
M'Toëe en compagnie des deux dogues ne crai-
gnirent pas de s'enfoncer dans les bois pour
chasser le buffle et rapporter d'énormes quartiers
de venaison qui, coupée en minces lanières et ensuite séchée au soleil, devait constituer, avec des
bananes, la base de l'alimentation.

Pendant ce temps, à la grotte, on réparait les
armes, on confectionnait des cartouches, on prépa-
rait des vêtements avec des peaux de fauves.

Le surlendemain, à la nuit tombante, tout était
prêt pour le départ. Le « canot fétiche » se balançait à quelques brasses du rivage, ses voiles d'é-
corces ouvertes au vent, et les aventuriers n'attendaient plus pour s'embarquer que le signal de

Jouffroy. Alors, les « Robinsons du Victoria-N'yanza » jetèrent un dernier regard sur cette île qui leur avait été si hospitalière et prirent place dans le canot, qui, offrant à la brise ses larges ailes, silla rapidement vers le nord.

Les deux dogues et le lion reposaient au milieu de la barque, et les armes étaient prêtes à toute éventualité.

— Et Mtésa, dit alors Max, s'il allait nous poursuivre ?

— Nous ne voyagerons que de nuit tant que nous serons sur son territoire, répondit Jouffroy. D'ailleurs, blessé dans sa vanité de l'échec qu'il vient de recevoir, il doit préparer longuement et savamment sa revanche pour la rendre plus éclatante.

— Vous croyez, demanda Edouard, que cette tentative était dirigée contre nous?

— J'en suis persuadé, mon ami. Mtésa savait que seuls nous avions intérêt à vous soustraire à sa vengeance. Ce dernier coup a comblé la mesure de fiel qui s'amassait contre Béléchasse et moi et a imposé silence aux cris de la superstition. Oh! Mtésa ne nous a pas pardonné, et fasse le ciel que nous ne le trouvions pas en travers de notre chemin.

La troisième nuit de navigation, car on ne voyageait que la nuit, le « canot fétiche », dirigé par M'Toëe, entra, toutes voiles déployées dans le canal Napoléon, qui sert de frontière à l'Ouganda et à l'Ousoga.

Dans le lointain, grondaient, rugissaient les

chutes de Ripon, et ce bruit, terrible dans la nuit,
disait aux aventuriers qu'ils étaient bien dans le
droit chemin et que ce fleuve qui s'ouvrait devant
eux était le Nil.

Mais, tout à coup, une rouge lueur, suivie d'une
détonation, brilla dans la feuillée. Les hippopotames effrayés, les crocodiles surpris, plongèrent
au plus profond du fleuve, tandis que les pintades,
les floricans, les grues, les hérons, toute la gent
aquatique enfin, s'enfuyaient au loin avec de grands
battements d'ailes.

Une deuxième, puis une troisième détonations
éclairent les taillis; et les balles, mêlées aux flèches, se mirent à pleuvoir sur la pauvre embarcation.

— Max se redressa.

— Bataille donc! s'écria-t-il.

Bientôt les fusils des chasseurs mêlèrent leur
voix à ce concert infernal. La nuit était sombre, et
les nègres, mauvais tireurs, égrenaient leurs balles
dans toutes les directions. Les aventuriers, au
contraire, guidés par les lueurs de la poudre, par
les cris stupides de leurs ennemis, ne tiraient qu'à
coup sûr.

Mais la lutte était inégale; ils n'étaient que sept,
et, derrière les taillis se massaient plus de trois
cents hommes.

La « barque fétiche » s'était rapprochée de la
rive. Un long hurlement de triomphe la salua
quand ses flancs rasèrent les roseaux, et cent

démons enflammés d'ardeur et de carnage se précipitèrent à l'assaut.

— Va, Abdallah! dit alors Jouffroy.

En deux bonds, le lion eut franchi la courte
distance qui le séparait du rivage; un autre bond
le précipita sur les Vouagandas. Ceux-ci tinrent
ferme un moment; mais, bientôt, voyant les
ravages que faisait dans leurs rangs ce redoutable animal, ils lâchèrent pied en répétant avec
terreur.

— L'âme du grand roi Sounna est logée dans le
corps du lion. Le lion protége les « magiciens
blancs... »

Il n'en fallut pas davantage pour changer la
fuite en une débâcle générale.

Il était temps! Reprise par le courant, la barque
courait droit sur les chutes de Ripon.

— Amène la voile!... cria Jouffroy qui, le premier, s'aperçut de l'imminence du danger;
amène!...

En un instant les deux voiles d'écorce furent
abaissées, et quelques coups d'aviron tirèrent le
« canot fétiche » de cette mauvaise direction.

Encore tout échauffés des émotions de cette
soirée terrible, les aventuriers s'étonnaient de
trouver le champ de bataille si calme.

La barque filait toujours entraînée par le courant.

— Et Abdallah? dit alors Fil-d'Etoupe.

Jouffroy fit entendre sa voix puissante; rien.

— Attendons jusqu'au jour, dit-il après un moment de silence; ce temps nous est d'ailleurs nécessaire pour transporter notre embarcation au-dessus des chutes.

— Et si, ce temps écoulé, il ne reparaît pas? interrrogea Max.

—C'est qu'il aura été tué! dit Jouffroy d'une voix sourde.

XVII

Le jour se leva enfin, éclairant les chutes qui couraient comme de longs rubans argentés et brillant d'étincelles liquides sur les noirs rochers. Sur les deux rives toutes tapissées de verdure foncée, émaillée de fleurs aux couleurs chatoyantes, aux parfums enivrants, s'élevaient de hauts bouquets d'acacias, de palmiers, d'arbres géants, à l'ombre desquels une caravane entière eut pu prendre place. Les lianes, les *convolvulus* à grappes d'un lilas clair, s'attachaient à tous ces troncs séculaires et retombaient sur le sol en festons mobiles.

Abdallah n'avait pas reparu.

Attentifs, les aventuriers contemplaient les rives de l'Ouganda et de l'Ousoga, s'attendant à chaque instant à voir briller, dans les taillis, la pointe d'une lance ou d'une javeline; mais rien ne troublait le calme qui enveloppait le réveil matinal de la nature.

Le « canot fétiche », hissé à force de bras par dessus les chutes, se balançait doucement sur le fleuve.

— Que de calme après tant de tempêtes tumultueuses! murmura Max, faisant allusion aux événements de la nuit.

— Oui, répondit Jouffroy; mais sous ce calme apparent couvent de furieux orages... Ne les attendons pas, et, puisque la route est libre, en avant!

— En avant! dirent les aventuriers.

— Et ton lion? reprit Max.

— Pauvre Abdallah!... il a payé pour nous...

Les voiles furent déployées, et la « barque fétiche » descendit le fleuve encombré de bancs de sable et de roseaux, d'îles flottantes descendant lentement avec le courant. Bientôt les hauteurs se couronnèrent de gracieux villages, de jardins de bananiers. Des éléphants et des hippopotames commencèrent aussi à se montrer; mais quelques coups de fusils firent bien vite rentrer les uns dans leurs jungles profondes et disparaître les autres sous le manteau limoneux des eaux.

Peu à peu aussi, le paysage s'animait; des barques de naturels débouchaient des roseaux, et les noirs, l'œil écarquillé, contemplaient avec stupeur ces étrangers assez hardis pour venir les braver sur leur territoire. Une seconde d'hésitation et les aventuriers étaient perdus ; car déjà circulaient des menaces et des murmures ; sans paraître la remarquer, quoique la sueur de l'angoisse leur découlât du front, ils traversèrent lentement la flottille de pirogues.

La navigation était longue et périlleuse sur le fleuve tigré de récifs, de bancs de sable, d'îles flottantes, de chutes et de rapides. Les rideaux verdoyants qui s'étendaient sur les deux rives interceptaient souvent la vue du fleuve et rendaient fréquentes les embuscades des indigènes. Aussi, après avoir franchi les chutes d'Isamba, les aventuriers résolurent de laisser le canot et de continuer leur marche à travers l'Ounyoro.

Les bagages ne les gânaient aucunement, car, sauf leurs armes et quelques paquets de viande séchée, ils ne possédaient absolument rien.

Ce ne fut pas sans un douloureux serrement de cœur, qu'ils abandonnèrent cette bonne barque qui leur avait été si utile.

— Allons, dit Jouffroy, nous voici encore livrés à nos propres forces.

Rondogani fut le premier village qu'ils osèrent traverser en plein jour. Le chef du village voulut les arrêter ; mais avec une hardiesse infernale, Jouffroy lui mit une main sur l'épaule, et de l'autre lui posa le canon d'un revolver sur le front.

— Au premier mouvement de tes hommes, je te brûle la cervelle comme à un chien, dit-il d'une voix sourde. Marche, maintenant...

Le chef fut forcé de s'exécuter et de crier à ses administrés de respecter les « magiciens blancs. » Ce ne fut qu'en pleine jungle, loin de tous les regards, que les aventuriers se décidèrent à le relâcher.

— Va, dit Jouffroy en lui offrant le revolver pour le dédommager de sa courte captivité, et n'oublie pas de dire à tes hommes que le Dieu des blancs n'abandonne jamais ses enfants.

Le chef, encore sous l'impression de ce coup d'audace, se hâta de déguerpir.

— Au-delà de Rondogani, si ma mémoire est fidèle, reprit Jouffroy, commence l'Ounyoro.

— Où règne Kamrési, ajouta Max.

— A moins qu'il ne soit mort, répondit Jouffroy. Mais rassurez-vous, nous nous garderons bien de lier connaissance avec ce noir potentat.

En effet, l'Ounyoro ne tarda pas à se présenter avec ses plaines basses et marécageuses, ses jungles clair-semées, ses taillis immenses que dominaient çà et là quelques chaînes de collines. A peine si de loin en loin se montraient quelques villages aux huttes à l'aspect misérable, où grouillait toute une population au costume des plus primitifs. Le paysage offrait cependant quelque beauté; mais les aventuriers furent forcés d'avouer que ce n'étaient plus là les opulents pâturages, les scèneries enchanteresses de l'Ouganda.

Superstitieux et stupides, les habitants de l'Ounyoro fuyaient plutôt qu'ils ne recherchaient la présence des blancs. Cela ne les empêchait pas de leur décocher des flèches et des javelines quand ils trouvaient quelques buissons capables de dissimuler une embuscade, et de faire garder, dans des paturages écartés, leurs nombreux troupeaux.

Les aventuriers ne demandaient pas mieux que d'avoir le champ libre; connaissant l'hospitalité africaine, tout ce qu'ils souhaitaient, c'était de n'être pas forcés d'en user de nouveau.

Ils traversèrent le Nil en amont du point où se réunissent les deux branches qui sortent du Victoria-N'yanza. Comme ils n'avaient pas de bateau, ils se hasardèrent à construire un radeau, entreprise périlleuse tant, en cet endroit, le courant, divisé par des îles et des récifs, avait de violence.

Néanmoins, avec leur bonheur habituel, ils triomphèrent de toutes les difficultés.

— Satané pays! exclama Béléchasse piteusement, il ne vous offrira donc que des marécages!...

— Patience, mon ami, répondit Jouffroy; chaque pas en avant nous rapproche du but, c'est-à-dire de la France... de Paris... de la rue des Martyrs...

Et Fil-d'Etoupe s'écriait :

— Dieu! que c'est amusant de barboter ainsi.

Cependant, comme les plaintes ne servaient de rien, on continua joyeusement la route. Déjà on avait laissé, à gauche, le Nil qu'on espérait retrouver à Kérouma, et on passa près des villages d'Utiti et de Kwibeyas, mais sans oser les traverser, tant les naturels paraissaient hostiles.

Quelques chaînes de collines, aux flancs tapissés d'émeraude, commencèrent à se montrer sur la rive gauche du fleuve, formant un contraste saisissant avec les plaines basses et inondées, et couvertes de larges nénufars, de lotus, de bouquets de papyrus au sombre feuillage.

La confiance renaissait dans l'esprit de ces hommes tant éprouvés : c'était avec un doux abandon, un attendrissement réel qu'ils parlaient de cette belle France, de ce Paris sans rival, qu'ils espéraient bientôt revoir, et les paroles railleuses, les lazzis de Fil-d'Étoupe arrivaient toujours à propos pour empêcher que la conversation ne tournât à la mélancolie.

— Cependant, disait Jouffroy, que de fatigues encore, que de dangers à braver ! Ah ! qu'ils sont loin ces enthousiasmes, ces espérances qui nous poussaient jadis à la conquête du Tanganyika !...

On approchait rapidement des chutes de Kérouma... Mais, avant de les laisser quitter leur pays, les Vouanyoro, ménageaient une dernière surprise aux aventuriers.

C'était le soir ; les aventuriers campaient sur une roche avancée surplombant le Nil qu'ils avaient rejoint un peu en aval de Kérouma. De là, on entendait le torrent se tordre et gémir dans sa prison de granit. Sauf la voix redoutable des eaux, pas un cri, pas un frémissement d'aile, pas un bruissement de feuillage ne troublaient la douce quiétude du soir.

Mais ce calme n'était que le précurseur de la tempête.

Soudain les hautes herbes s'écartèrent, les roseaux ployèrent, et toute une armée de noirs démons s'élança à l'assaut du rocher. Ceux qui avaient des fusils se tenaient au premier rang ; les autres brandissaient leurs lances, leurs redoutables massues polies avec la feuille de l' « arbre à papier de verre »(1). Tous : aient le corps hideusement peinturluré, tous portaient des perruques de faux cheveux affectant les formes les plus bizarres, les profils les plus fantastiques.

Pas un cri, contrairement à leurs habitudes, les nègres marchaient au combat sans avoir décelé leurs intentions en incendiant les environs, sans pousser leurs clameurs sauvages.

— Feu !... allait crier Jouffroy.

Mais le commandement expira sur ses lèvres, et il murmura :

— Perdus !

La situation, en effet, se compliquait sérieusement. Une flottille de canots, chargés d'une armée de sauvages non moins nus, non moins barbouillés que les précédents, traversait le fleuve. C'étaient des Lirois, reconnaissables à leurs perruques à marteau (2), à leurs ornements de cuivre.

(1) Arbre dont les feuilles ont la rudesse d'une pierre ponce et servent à polir les massues et les manches de lance.

(2) Les naturels de cette partie de l'Afrique ont pour le

Cette deuxième armée allait-elle combiner ses mouvements avec la première?

Les aventuriers furent bientôt fixés sur ce point. Les Lirois, qui traversaient le fleuve dans l'espoir de surprendre les troupeaux de leurs bons ennemis les Tchopis, et de faire quelques esclaves, se heurtèrent dès le premier pas contre les assaillants. En un instant, les guerriers montant à l'assaut du rocher firent face à l'ennemi; les flèches et les javelines coupèrent l'air en sifflant, la poudre mêla ses éclatantes détonations aux cris féroces, et une fumée bleuâtre couvrit pour un moment la masse des combattants.

Penchés sur l'extrême bord du rocher, les aventuriers regardaient muets de stupeur et d'effroi. Le piétinement des combattants, les râles des mourants, les cris, les imprécations montaient jusqu'à eux, et quand la brise de nuit déployait les fumées de la poudre et du sang tiède qui s'étendaient comme un voile de vapeur au-dessus du théâtre de l'action, ils pouvaient contempler dans toute son horreur sublime cette scène de mort et de carnage.

— En voilà une diversion! s'écria soudain Fil-d'Etoupe. Dieu me pardonne, c'est « machiné » comme un drame de la *Porte-Saint-Martin!*...

— Silence!... fit Jouffroy en lui serrant le poi-

postiche une vénération profonde. Quand un nègre vient à mourir, ses cheveux soigneusement coupés sont partagés entre ses amis qui les « greffent » sur leur propre crâne avec d'abondantes additions de terre de pipe, d'argile rouge et de bouquets de poils, ce qui constitue un fort joli édifice, qui dure autant que celui qui le porte.

gnet à le briser. Ne vois-tu pas que c'est ou notre
perte, ou notre salut qui se joue ici ?...

— Raison de plus pour applaudir les acteurs !
riposta l'incorrigible gamin.

En bas, la lutte continuait terrible, acharnée,
sans trève ni pitié. Tout à coup un rauque rugissement retentit, et un être à qui l'obscurité prêtait
des formes étranges et gigantesques, se précipita
comme la foudre au milieu des combattants.

— Abdallah ! Abdallah ! crièrent les aventuriers.

Mais, cette fois, le lion fut sourd à leur voix. Il
avait pris goût au carnage et bondissait au plus
épais de la mêlée, entassant cadavre sur cadavre.
Sa griffe puissante déchirait des poitrines, broyait
des membres, déboîtait des crânes, et son museau
se plongeait avec délice dans des flots de sang
tiède et fumant !...

C'était horrible...

— Abdallah ! répéta avec un accent impérieux,
Jouffroy épouvanté de ce carnage affreux.

Cette fois, le lion détourna la tête et parut prêt
à obéir. Ce fut sa perte. Vingt détonations retentirent au même instant ; frappé de vingt balles,
le puissant animal exhala un rugissement de
douleur et d'agonie et vint par un bond suprême,
tomber mourant, inanimé aux pieds de Jouffroy.

Effrayés de leur propre triomphe, les nègres
s'éparpillèrent dans toutes les directions.

Un silence de mort planait sur le champ de
bataille.

Jouffroy, agenouillé sur le rocher, la tête ap-

puyée contre la poitrine du monstre, essayait de
surprendre les battements de son cœur.

— Eh bien? dirent les aventuriers.

— Mort!... répondit Jouffroy d'une voix sourde.
Pauvre Abdallah! continua-t-il en essuyant une
larme furtive; il est mort pour nous sauver...

Ce fut là l'oraison funèbre d'Abdallah.

XVIII

Les chutes de Kérouma. — On passe le fleuve. — Prairies
immenses. — Le Choua. — Dévastations commises par
les Turcs. — Proverbe populaire. — Souvenirs des né-
griers et conclusions de Fil-d'Etoupe. — La chasse aux
antilopes. — Un absent. — A la recherche d'Edouard. —
Vaines tentatives. — Une nuit d'angoisse. — La piste est
reprise. — Une fosse à éléphants. — Où l'on retrouve
Edouard, une panthère pour oreiller et un serpent
au-dessus de sa tête. — Atroce jeu de mot de Fil-
d'Etoupe. — Explication. — Retour au campement.

Le soleil venait de se lever éclairant de ses
chauds rayons le Nil et les chutes de Kérouma.
Bien qu'au-dessous de ce que l'imagination eut pu
rêver de grandiose et de terrible, la scène ne manquait pas d'un certain pittoresque. Cette eau écu-
mante, d'un blanc d'argent sur le fond noir et brun
des rochers, ce fleuve mystérieux, coulant avec
une direction presque constante vers l'ouest, pour
bondir par-dessus les chutes et les cataractes,
avant de se jeter dans le « Mwoutan Nzigé » et,
par-dessus tout, ces flots de lumière glissant avec
des rutilements d'or fauve à travers les masses
agitées du feuillage, tout cela formait un tableau

vivant, animé, capable enfin d'enlever les suffrages des plus difficiles.

Après quelques minutes de muette contemplation, nos amis se décidèrent à passer le fleuve.

Par bonheur, effrayé des clameurs sauvages des combattants le propriétaire du bac avait en toute hâte réuni ses femmes et ses bestiaux, et s'était enfui dans la jungle sans regarder derrière lui. Les embarcations étaient encore tirées sur la berge, et Max et Jouffroy ne se firent pas faute de profiter d'une aussi bonne occasion.

— Toutes les chances, quoi! déclara gaiement Fil-d'Étoupe.

— Silence, dit Jouffroy, et profitons de l'effroi momentané de ces peuplades pour nous avancer le plus possible au cœur du pays.

Ces paroles étaient trop sages pour ne pas rallier toutes les opinions, et la marche se continua bientôt à travers un pays peu élevé et couvert d'immenses savanes aux herbes jaunes comme de l'or, aux mystérieux bosquets de palmiers et de tamarins.

On marcha cinq jours entiers dans cet océan de prairies sans fin. Bientôt se dressèrent à l'horizon une suite de collines aux mille ondulations que couronnait un village : C'était Fétiko.

On entrait dans le Choua, pays, suivant sir Baker, « tout ruisselant de lait et de miel » et coupé de clairs « noullahs. » Le Choua était habité par une population peu couverte, mais douce et hospitalière et que la crainte des Turcs, ces tyrans implacables des pauvres noirs, pousse de plus en plus vers les montagnes.

— Qu'arrivera-t-il? dit Jouffroy. C'est que, ces pays aux sites enchanteurs, aux blocs de granit, aux coupes étranges et pittoresques, ne produira bientôt plus que des chardons et des lianes. Mais qu'importe à messieurs les trafiquants! ce qu'ils veulent, ce sont de riches *razzias* de troupeaux et d'esclaves; pour le reste, ils n'y songent seulement pas.

— Le proverbe a raison, murmura Max; réellement « l'herbe ne pousse plus où les Turcs ont passé. » Les éléphants, eux-mêmes, causent moins de ravages que leurs troupes féroces.

— Et ils appellent cela civiliser le pays! dit encore Jouffroy. Etrange civilisation qui me rappelle cette anecdote racontée par un romancier.

« Un de ces braves marchands de chair humaine, à l'époque où la traite se faisait encore par des Européens, prétendait, dans son scepticisme railleur « initier les peuples du Benguela ou du Congo aux bienfaits du christianisme. » Ses esclaves étaient, en effet, « baptisés en bloc » par les capitaines de ses navires; mais là s'arrêtait son ingénieuse sollicitude.

—Ce qui prouve, ajouta Fil-d'Etoupe en manière de conclusion, que, tant qu'une religion vraiment forte et civilisatrice ne rayonnera pas dans ces ténèbres d'ignorance et de barbarie, la traite, en dépit des discours de beaux messieurs en habit noir, qui ne voient dans la race noire qu'une machine propre à les fournir de cigares, de café et de chocolat, la traite continuera à ravager l'Afrique. Voyez les efforts du Khédive, ceux du sultan de Zanzibar, ils ont échoué parce qu'ils ne reposaient sur aucun principe vraiment humanitaire.

— Bravo, Fil-d'Etoupe! crièrent les aventuriers; tu parles comme un livre.

Voilà mon maître, dit modestement le gamin en montrant Max.

Mais comme, au dire de Fil-d'Etoupe, tous ces beaux discours ne remplissaient pas l'estomac, il fallut s'éparpiller à la poursuite d'une bande d'antilopes qui tondaient paisiblement le gazon fin des prairies sans se douter, le moins du monde, du danger qui les menaçait.

Se dissimulant de broussaille en broussaille, les aventuriers purent arriver à bonne portée de fusil sans avoir éveillé la crainte de ces gracieux animaux. Quatre détonations retentirent, et quatre balles allèrent porter la terreur et la confusion au milieu de ces inoffensifs quadrupèdes.

Aucun ne paraissait avoir été touché.

— Par ici! par ici! cria M'Toëe, je vois des taches de sang sur le gazon.

C'était vrai, une des pauvres bêtes avait été atteinte. On la voyait, au loin, s'enfuir en courant, rougissant le sol qui la portait et essayant de se réfugier dans la jungle.

Les chasseurs lancèrent leurs chiens à sa poursuite, et les suivirent eux-mêmes, les animant du geste et de la voix.

Après une poursuite de plusieurs heures, ils atteignirent la pauvre antilope qui se débattait encore sous les rudes étreintes des deux dogues.

La nuit allait venir.

—Il faut camper ici, dit Jouffroy; demain nous reprendrons notre voyage.

Puis il reprit.

—Mais je ne vois pas l'ami Herbeau...

On attendit quelques instants encore, puis la crainte vint. Herbeau avait pu s'égarer, lui si novice dans ce pays étrange. Qu'arriverait-il s'il était rencontré par les noirs?

— Il faut le trouver! dit Fil-d'Etoupe résolûment.

Quelques coups de fusils furent tirés pour indiquer à l'égaré la position du camp; des recherches furent faites dans les environs... Rien !...

— Cette absence m'inquiète, murmura Max; qui peut dire les malheurs qui peuvent en résulter... Il faut le trouver.

— J'irai, répondit Fil-d'Etoupe.

Jouffroy se leva.

— M'Toëe, dit-il au noir, tu vas prendre les deux chiens et battre la campagne dans toute les directions que nous avons suivies. Il faut que tu retrouves le jeune seigneur blanc. Va, et n'oublie pas de prendre tes précautions pour retrouver le campement.

Le noir s'inclina sans répondre, et disparut dans la nuit, accompagné de Fil-d'Etoupe et de Selib et de Myriam qui gambadaient à ses côtés.

La nuit fut longue pour les aventuriers. A plusieurs reprises, ils crurent percevoir dans l'éloigne-
ment des détonations de carabine; mais sans pouvoir
préciser d'où elles venaient. Au point du jour
M'Toëe et Fil-d'Etoupe reparurent.

— Eh bien? dirent Max et Jouffroy avec anxiété.

— Nous n'avons rien trouvé, répondit Fil-
d'Etoupe; les chiens eux-mêmes ne reconnais-
saient aucune piste. Sot que je suis! s'interrom-
pit-il.

— Quoi donc?

Fil-d'Etoupe ne répondit pas d'abord; mais,
tirant de sa poche un foulard sale et usé, il l'exhiba
triomphalement.

— Voilà qui nous fera retrouver la piste, dit-il.
Et passant le foulard à M'Toëe.

— A Edouard, fit-il encore.

Le noir prit le foulard et le donna à flairer aux
deux chiens. Puis, les tenant toujours en laisse,
il leur fit décrire autour du campement une cir-
conférence qui allait toujours en s'agrandissant,
jusqu'à ce que, flairant le sol du bout de leur museau, ils relevèrent la tête et donnèrent de la voix.

La piste était trouvée, on avait plus qu'à la
suivre.

M'Toëe, tenant toujours les deux chiens en
laisse, marchait le premier; derrière venaient tous
les aventuriers, le fusil prêt, l'œil et l'oreille au
guet.

On marcha plusieurs heures ainsi au milieu des
délicieux paysages du Choua, de pâturages opu-

lents, lorsque tout à coup, les chiens aboyèrent avec un redoublement de fureur.

Les aventuriers s'arrêtèrent. A quelques pas d'eux s'ouvrait comme la fosse d'un géant, un trou large et béant. C'était un piége à éléphant comme le prouvaient les feuilles et les menues branches éparpillées de tous côtés.

Du sang souillait le sol.

— Mon Dieu, serait-il mort? dirent les aventuriers.

Au fond de la fosse, à côté d'une pointe aiguë comme un pal, ils venaient d'apercevoir Edouard, étendu sans mouvement, la tête appuyée sur les flancs d'une panthère.

Ils se reculèrent vivement en poussant un cri d'effroi.

M'Toëe, alors, prit le bras de Max et le força de regarder devant lui. De l'autre côté de la fosse, un serpent déroulait lentement ses anneaux; bientôt sa tête horrible et aplatie se balança dans le vide et sa gueule s'ouvrit laissant voir ces crocs redoutables qui distillent du venin.

— Il est perdu !... murmura Max.

Le noir sourit. A son tour, comme l'avait fait le reptile, il rampa sur le sol, évitant de froisser les herbes, de faire craquer une seule branche. Les aventuriers le perdirent bientôt de vue. Soudain, derrière le monstre brilla un éclair rapide, et le large coutelas du noir se leva et s'abaissa par trois fois.

— Hurrah! crièrent les aventuriers en voyant

8

les trois tronçons du reptile se tordre et se débattre sur le sol.

A ce cri, Edouard se redressa. Les aventuriers respirèrent avec satisfaction, quand ils virent qu'il n'était pas blessé : le sang qui souillait ses vêtements était celui de la panthère.

Cependant M'Toëe avait déjà fabriqué une échelle de liane, et le nouveau Lazare sortit de sa fosse pour passer dans les bras de ses amis.

— C'est égal, dit Fil-d'Etoupe en riant, tu peux dire que nous t'avons tiré d'une fausse... position !

— Oh ! s'écria le « ressuscité », je savais bien que vous ne m'auriez pas abandonné.

— Pouvais-tu en douter, vieux ! continua Fil-d'Etoupe. Mais narre nous donc ton aventure.

— Elle est bien simple. Emporté par l'ardeur de la chasse, je courais toujours sans penser à regarder si j'étais ou non suivi. Bientôt, je me trouvai seul au milieu des herbes et des taillis, reconnaissant mon imprudence, je voulus retourner en arrière, mais la nuit était venue, et je tournai et retournai autour de cette jungle maudite sans pouvoir en sortir.

« Tout à coup, je sens le sol, jusqu'alors solide, s'écrouler sous mes pieds, et, en moins de temps qu'il me faut pour vous le dire, je me relève meurtri et contusionné à plus de trois mètres sous terre. Sans perdre courage, j'essayai de me dégager, de sortir de ce trou maudit; vains efforts, peine superflue !... J'appelai, rien, pas même l'écho ne répondit à ma voix.

» Cette situation, déjà pas mal affreuse, se corsa *subito* d'un incident nouveau. Une masse velue roula comme une boule du haut de la fosse à mes pieds ; je crus qu'elle allait s'élancer sur moi ; mais, à ma grande surprise, elle se contenta de se retirer dans le coin le plus reculé, me couvant de ces regards magnétiques.

» Je ne pouvais échapper à cette espèce de fascination. Quelqu'effort que je tentasse, mes yeux venaient toujours se river sur ces deux prunelles qui brillaient dans l'obscurité comme des escarboucles. Alors, n'y tenant plus, j'armai mon revolver et je visai entre ces prunelles de feu.

» J'avais à peine eu le temps de tirer que le fauve était sur moi ; je sentis son haleine acre qui me brûlait le visage, tandis que sa griffe puissante me labourait l'épaule. Heureusement, il me restait deux balles ; je fis feu encore et le monstre roula à mes pieds.

» Alors, brisé de fatigue, torturé par les angoisses et les inquiétudes de ma situation, je me laissai tomber sur le sol, priant le Seigneur et pensant à ma mère. »

Toutes les mains pressèrent encore la main du courageux jeune homme, et les aventuriers regagnèrent le campement pour recommencer leurs nouvelles et incessantes pérégrinations.

XIX

Le lendemain de ce jour mémorable, les aventuriers traversèrent la rivière Esoua, torrent impétueux et écumant dans son lit de noirs rochers
pendant la saison des pluies, mince filet d'eau à
peine perceptible pendant la saison sèche.

Il en est d'ailleurs de même de presque tous les
ours d'eau de cette région.

La rivière Esoua était pour eux une vieille connaissance ; aussi la saluèrent-ils avec des hurrahs
frénétiques.

Bientôt les aventuriers pénétrèrent dans l'Obbo,
pays où, grâce à l'humidité presque constante du
sol, le règne végétal se déploie avec un luxe inouï.
On doit cette végétation exubérante aux pluies qui
durent ordinairement dix mois de l'année — de
février à novembre — et si cette humidité constante
enrichit le sol, prête de nouvelles forces aux plantes
et aux arbres, elle est aussi une cause de fièvres
et de maladies perpétuelles.

Et pourtant cette région possède . n « faiseur

de pluie ,» titre que, d'ordinaire, le roi s'approprie, à ses risques et périls naturellement; car le défaut d'une averse dans un moment critique a coûté la vie à plus d'un infortuné sorcier. Mais que de profits aussi !...

— Etrange ! étrange ! disait Max à ses amis. Ces peuples qui n'ont aucune notion du bien ni du mal, qui ne croient à aucune puissance surhumaine, ces peuples ont foi en la science de prétendus sorciers, en de burlesques talismans.

En traversant le pays de l'Obbo, les aventuriers eurent l'occasion de remarquer une singulière façon de chevaucher.

Un jour que, tapis dans un fourré touffu, ils laissaient passer la grande chaleur avant de se remettre en route, ils furent soudain appelés par une exclamation de Fil-d'Etoupe.

— Regardez, disait le gamin. Oh ! la cocasse rencontre !

C'était, en effet, une rencontre bien curieuse. Une vingtaine d'Obbois, vêtus seulement d'une peau qui leur couvrait la poitrine et les épaules et descendait jusqu'à mi jambe, le cou entouré de plusieurs colliers de fil de cuivre, des bracelets de même métal aux poignets et aux jambes, un panache de plumes d'autruche ondoyant dans la chevelure, armés de boucliers en cuir, de lances et de flèches, s'avançaient en trottinant, précédés de deux indigènes battant du tambour et soufflant dans des fifres rustiques.

Derrière cette troupe, qui ne semblait être qu'une

avant-garde, venait un vieillard aux cheveux blancs, grimpé à califourchon sur les épaules d'un solide Obbois. Près de lui marchaient à gauche, deux hommes portant ses armes; à droite, une femme aux formes herculéennes, pliant pourtant sous le poids d'un énorme pot de « pommbé. »

Puis venait la foule des serviteurs, des soldats, des femmes et des courtisans.

Comme partout en Afrique, les femmes obboises sont moins vêtues que les hommes. Quelques rangs de perles, une étroite ceinture frangée et large à peine comme la main, un bouquet verdoyant, cueilli au plus proche buisson et attaché avec une ficelle, sont les seuls colifichets connus par la mode dans ces régions.

Aussi la toilette est-elle bien vite faite.

Cachés derrière un rideau de liane et de vigne sauvage, les aventuriers comprimaient à grand peine, le fou rire que leur causait le burlesque cortége du chef — car c'était un chef, un roi peut-être — que ce vénérable personnage.

Les Obbois — comme ils purent s'en convaincre par la suite. — aiment fort la danse, le chant, les roulements sourds des « noggaras » — tambours creusés dans un tronc d'arbre et recouverts de la peau d'une oreille d'éléphant — les notes aiguës et criardes des fifres de roseau, le tintement des grelots et des sonnettes.

Souvent, la nuit, on les entendait chanter en chœur avec accompagnement de tambours. Puis. tout à coup, un homme se levait, puis deux, puis trois, puis cent, et tout ces corps noirs s'agitaient, se démenaient, gesticulaient, en un galop infernal, jusqu'à ce que le dernier danseur tombât épuisé de fatigue à côté du dernier tambour valide.

La danse, de tous les temps, à été la passion des Africains. Esclaves, ils se levaient la nuit pour aller au sein de quelque carrefour, aux sons d'un orchestre diabolique, oublier aux refrains du pays natal leurs peines et leurs souffrances journalières. Qui ne connaît la fameuse « bamboula ? »

Plus ils avançaient, plus nos aventuriers étaient surpris de la richesse de l'Obbo. Malheureusement ces plaines aux herbes opulentes et plus hautes qu'un homme étaient inextricables, et la chasse en souffrait d'autant. Il fallut alors se rabattre sur le « toulléboun » (1), les bananes sauvages et les ignames qui croissent dans les forêts et grimpent comme des lianes autour des troncs noueux. Quelquefois on découvrait un rayon de miel sauvage: ce jour alors, était un jour de véritable régal.

Les circonstances, d'ailleurs, dans ce pays fertile, favorisaient singulièrement nos aventuriers.

Habitués à être régulièrement pillés une fois, si ce n'est deux, l'an, les Obbois bâtissent leurs villages au sommet des collines, des rochers, les plus inaccessibles abandonnant la plaine à leurs ennemis. On comprend, d'après cela, combien les rencontres furent rares quand des deux côtés on ignorait ses intentions réciproques et on tentait tout pour s'éviter.

(1) Petite céréale amère qui tient lieu de blé aux naturels.

— C'est à croire que nous nous sommes donnés le mot d'ordre! disait Fil-d'Etoupe en riant. Pourtant j'aurai bien voulu visiter un village.

A leur grande surprise, ils étaient auprès d'une maison, d'une sorte de « kraal » en bambous et en gazon, où vivaient quelques pasteurs avec leurs femmes et leurs troupeaux. Les aventuriers auraient bien voulu disparaître, mais il était trop tard, ils avaient été vus.

Le chef du « kraal », un vieillard à cheveux blancs, drapé dans une peau d'antilope, ayant au cou cinq ou six colliers de fer poli, autant de bracelets aux poignets, s'avança à leur rencontre et leur souhaita la bien venue.

— Nous allons être assommés de demandes... pensa Jouffroy non sans quelque humeur, car il n'avait rien à donner.

Mais, à sa grande surprise, le vieillard ne fit aucune demande. Il se contenta de s'informer d'où venaient ses hôtes et ne témoigna qu'un étonnement poli, lorsque M'Toëe lui affirma qu'ils venaient de l'Ouganda.

Cependant des galettes de « toulléboun », des bananes cuites et quelques fruits sauvages avaient été offerts aux voyageurs, pendant que deux vigoureux nègres, les fils du vieil Obbois s'occupaient de traire les vaches dans de grands vases en terre.

Fil-d'Etoupe qui, depuis qu'il était en Afrique, s'était arrogé le droit de passer partout une inspection de propreté, remarqua, non sans stupeur, que les noirs pasteurs, avant de s'en servir, lavaient les vases avec de l'urine de vache...

— Non, dit-il dans un jargon comique; non, ce lavage est superflu.

Les noirs se regardèrent étonnés et le vieillard mis fin à la discussion par ces mots :

— Si nous négligions cette précaution, nos vaches n'auraient plus une seule goutte de lait.

Les voyageurs passèrent quelques heures agréables dans cette pauvre hutte, et partirent comblés des bénédictions de leur hôte et d'une petite provision de fruits et de tabac qui, dans ce district, se prépare d'une manière étrange.

Soigneusement triturées et pilées dans un mortier, les feuilles sont ensuite pressées dans un moule de forme conique, d'où elles ne sortent qu'à l'état de masse compacte. En cet état, le tabac Obbois représente assez la « chique » si chère aux matelots et aux Américains du Nord.

Pour reconnaître tant de bonté, les aventuriers ne purent disposer que d'un mauvais revolver et de quelques cartouches. Fil-d'Étoupe, pourtant, avec une grandeur d'âme bien rare, se dépouilla d'un magnifique mouchoir à vignettes, dernier débris de sa splendeur passée.

Ils cheminaient depuis quelques instants déjà, lorsque, tout à coup, Jouffroy s'écria.

— Et mon vieux compagnon, le brave Achille Béléchasse ?...

Tous, comme d'un commun accord, se détournèrent et aperçurent l'ancien fabricant de papier à filtrer et le vieux pasteur Obbois confondu dans une douce et fraternelle étreinte.

— Brave homme, va! s'écria en rejoignant ses compagnons Béléchasse que rien n'avait pu guérir de cette manie d'embrassades et d'attendrissements subits. C'est la première fois que je vois un Africain agir sans arrière pensée.

Cette fois, il avait raison.

Le pays continuait à s'élever, mais sans rien perdre de son aspect splendide; au contraire, ces pics sourcilleux, ces pentes exposées au midi que l'imagination se plaisait à revêtir des plus riches parures, ces villages perchés comme l'aire de l'aigle ou du faucon au sommet de quelque rocher surplombant, ces cours d'eau rugissant en torrents ou en cascades rutilantes sur les récifs aigus, ces forêts aux sombres profondeurs, aux horizons bleuâtres donnaient à la contrée un aspect magique.

— Que de richesses, que de trésors perdus?... disaient les aventuriers chaque fois que leurs regards s'abaissaient sur ces scèneries charmantes.

Mais ces montagnes qui, de loin, s'offraient si belles, se coupaient de précipices, de torrents, de profonds ravins, et n'offraient pour passage que des défilés fréquentés par les nègres, c'est-à-dire des chemins à faire fuir un chamois. C'était comme une barrière gigantesque qu'il fallait franchir au prix de fatigues et de périls inouïs.

— Du courage, disait Fil-d'Etoupe, de la souplesse dans es jarrets et ça marchera.

Et il allait le premier sautant de roche en roche, franchissant des précipices, s'accrochant aux moindres saillies, s'arrêtant sur des hauteurs à donner e vertige et fredonnant une vieille chanson de aserne, dont la charge était le refrain :

> L'air est pur, la route est large,
> Les clairons sonnent la charge;
> Les zouaves vont en chantant...
> Et là-haut, sur la colline,
> De la forêt qui domine,
> On les guette, on les attend !...

Electrisés par son exemple, les aventuriers se précipitèrent à l'assaut des rochers.

Parvenus au sommet des monts, ils s'arrêtèrent pour contempler le pays qui se déroulait à leurs pieds.

— Le Létouka !... pays à M'Toëe ! exclama le nègre.

— Es-tu content de revoir ton pays? dit amicalement Jouffroy en lui frappant sur l'épaule.

— Oui, M'Toëe sera bien content si maître Jouffroy reste avec lui, non si bon blanc s'en va... Frères à M'Toëe vendraient encore lui aux méchants Turcs...

— Ne crains rien, dit Jouffroy, tu as partagé ma mauvaise fortune, tu partageras aussi la bonne.

Le noir ne répondit que par un sourire qui fit briller ses trente-deux dents.

La nuit vint. Les aventuriers se couchèrent sur un lit de feuilles et d'herbes sèches amoncelées dans le creux d'un rocher. Au matin, ils étaient encore à leur poste d'observation, contemplant la campagne sous la première clarté du soleil.

Soudain M'Toëe se précipita derrière son maître en poussant des cris d'effroi.

— Drapeau rouge!... criait-il, Turcs maudits!...

A ce cri, les aventuriers se penchèrent avidement et regardèrent dans l'étroit défilé qui serpentait à plus de cent pieds au-dessous d'eux. M'Toëe ne s'était pas trompé, c'était une caravane, c'était une troupe de Turcs.

Alors ils échangèrent un regard brillant et animé. Cette caravane, que le pauvre M'Toëe redoutait tant, était pour eux le salut.

XX

La caravane. — Etrange défilé. — Turcs et Européens. — On s'arrange. — A la suite de la caravane. — Le Létouka. — Déprédations des traitants. — Village de Kayala. — Les Turcs volent d'une main et donnent de l'autre. — Types Létoukiens. — Où l'on retrouve le bracelet aux pointes de fer. — Casques naturels. — Où l'arrachement d'une partie de la mâchoire est une beauté. — Danses funèbres. — La famille en Afrique. — Funérailles. — En route pour Tarrangolle.

C'était un spectacle étrange que la vue de cette troupe hétérogène, bariolée des plus vives couleurs et serpentant au milieu des rochers comme un serpent gigantesque.

En tête, marchait le drapeau turc rouge comme le sang et orné du croissant d'or; puis venaient, un à un, les porteurs pliant sous leurs lourdes charges d'ivoire, de vivres, de munitions; beaucoup étaient accompagnés de leurs femmes et de leurs enfants; mais pas un esclave! On était trop près de Khartoum.

Des soldats, armés jusqu'aux dents étaient éparpillés des deux côtés de la caravane, prêts à punir d'une balle la moindre tentative d'évasion. Les trafiquants, montés sur des bœufs et protégés par un deuxième drapeau, de nombreux troupeaux, produits d'une razzia sans doute, fermaient la marche.

Il se passa près d'une heure avant que les aventuriers entrevissent la queue de cette étrange caravane. Enfin, quand elle fut sur le point de disparaître, ils se décidèrent à appeler.

Le chef de la caravane, un Turc à la figure intelligente, aux vêtements étincelants de broderie d'or, couvert, comme une panoplie vivante, d'armes, de la tête aux pieds, leva les yeux sur le rocher, et, donnant de l'éperon à son bœuf, fit signe aux aventuriers de descendre.

— Dieu que c'est drôle! exclama Fil-d'Étoupe en se tordant de rire; un âne monté sur un bœuf...

— Tu ne pourras donc jamais te taire, incorrigible gamin?

— Il se passe de si belles choses dans ce pays!...

Cependant les aventuriers avaient rejoint, en bas du rocher, le traitant qui les salua du « salaam » habituel. Puis il leur demanda d'où ils venaient.

— Du Victoria-N'yanza, répondirent-ils.

— Et vous allez?

— A Khartoum. Et vous?

— Je ne vais qu'à Gondokoro.

— Ecoutez, dit alors Max que toutes ses lenteurs impatientaient. Notre situation est nette comme vous le voyez : nous ne possédons rien. Voulez-vous nous adjoindre à votre caravane? si cela est, fixez vous-même le prix de vos services.

Un éclair cupide passa dans le regard du trafiquant.

— Vous êtes Anglais? dit-il encore.

— Nous sommes Français.

— Quelles garanties pouvez-vous me donner? continua le Turc.

— Nous avons des valeurs déposées à Khartoum.

— Eh bien, signez moi une traite de trente mille francs sur Khartoum, et je m'engage à vous conduire et protéger jusque cette ville.

— Soit! répondirent les aventuriers. Mais n'oubliez pas qu'à partir de cet instant vous êtes responsables de nos personnes et que la moindre infraction à l'exécution du traité l'annulera complètement.

L'accord ainsi conclu les aventuriers rejoignirent le gros de la troupe, où des bœufs de selle furent mis à leur disposition.

Le Létouka n'est — comme presque tout le pays s'étendant à l'est du Nil Blanc, d'ailleurs — qu'une suite de monts et de plaines arrosées de nombreux cours d'eaux. La végétation est belle et puissante, et les villages, dont quelques-uns — comme Tarrangollé — comptent jusqu'à trois mille maisons, de nombreux « kraals » pour les troupeaux, la principale richesse du pays, sont entourés de solides fortifications en bois de fer. Ces palissades, percées de portes étroites, sont défendues, la nuit, par de fortes barrières de bois épineux.

C'est plus pour se garantir des attaques des Turcs qu'en vue de tout autre ennemi, que les Létoukiens se fortifient ainsi.

Les Létoukiens sont très-industrieux. Beaucoup de forgerons, de potiers dans le pays, mais pas de tailleurs ; le costume, sauf la coiffure, se réduisant à sa plus simple expression.

Les aventuriers ne tardèrent pas à s'apercevoir combien il était agréable de voyager en compagnie de trafiquants turcs. L'escorte, composée d'affreux forbans sans foi ni loi, s'arrêtait à chaque pas pour opérer des razzias de troupeaux, dévaster, saccager, incendier. Cependant quelques échecs subis coup sur coup, les remontrances de Max et de Jouffroy — qui menacèrent le traitant de se plaindre aux autorités de Khartoum — aidant, on avança sans piller ni brûler que pour « s'entretenir la main. »

Aussi, quand ils n'étaient pas assez forts pour opposer une résistance efficace, les malheureux indigènes s'enfuyaient comme des volées de passereaux devant l'étendard maudit.

Les premières marches conduisirent au village de Kayala, amas de cases rondes aux toits coniques, défendu par une double rangée de palissades en bois de fer. A peine les tambours des Turcs

eurent-ils annoncé leur présence que les naturels
se précipitèrent en foule pour les saluer, car ils
levaient participer aux richesses réalisées dans
l'Obbo.

C'est une loi des Turcs ; ils volent aux uns pour
donner aux autres.

— Quels types ! disait Jouffroy en considérant
ces corps nus barbouillés de rouge et sillonnés de
profondes cicatrices qui forment dessins et arabesques, ce fouillis de colliers et de bracelets de perles
aux vives couleurs, tranchant avec éclat sur la
teinte foncée de la peau.

Tous les Létoukious étaient armés de larges
couteaux, de lances et de massues redoutables. Ils
portaient en plus ces horribles bracelets de fer, hé-
rissés de pointes qui, dans les combats leur servent
à étreindre leurs ennemis dans un embrassement
mortel. Pour armes défensives, ils avaient un long
bouclier, léger et résistant, fait de peau de buffle
ou de girafe.

Mais rien ne peut donner une idée du casque
naturel — étant fait de leurs propres cheveux —
pourvu d'une visière en cuivre brillant, enjolivé
de perles, de rassades, de cauris, et, finalement, do-
miné par un splendide panache de plumes d'autruche, qui leur couvre la tête.

La confection de ce petit chef-d'œuvre demande
quelquefois dix années entières.

Les femmes, au contraire, dédaignant cet appa-
reil fastueux, étaient simples et modestes dans
leur mise, se contentant, avec quelques traits de

tatouage pour ornement, d'un étroit tablier de peau auquel attenait une queue, ou plutôt un paquet de ficelle ou de lanières tressées.

Pourtant, elles avaient leur coquetterie aussi, coquetterie étrange puisqu'elle consistait à s'arracher quatre dents de la mâchoire inférieure, à se perforer la lèvre pour y introduire une petite « défense » de cristal.

— Mais que voulez-vous, disait Fil-d'Étoupe, chez les peuples sauvages comme chez les nations civilisées, la mode a ses petites tyrannies auxquelles il faut bien se soumettre!

— C'est égal! reprit Herbeau; la mode n'est plus une mode quand elle devient un supplice.

— Ah! riposta Fil-d'Étoupe railleusement, et les souliers étroits et les corsets de nos élégantes et quelquefois de nos élégants, ne sont-ils pas un supplice aussi, un supplice perpétuel? Du moins, en se tailladant la peau, en s'arrachant les dents, ces braves sauvages et sauvagesses ne souffrent qu'un moment, tandis que la civilisation nous impose des tortures de chaque jour, de chaque minutes presque.

— Fil-d'Étoupe, dit Jouffroy en riant aux larmes, quand nous reverrons la France, je t'engage à te faire moraliste... Tu auras du succès.

— Pourquoi pas, Monsieur?

Cependant les Turcs et les aventuriers étaient entrés dans le village, laissant le gros de la troupe campé sous d'immenses tamarins. Au milieu de la nuit, ils furent réveillés par des cris confus, des plaintes, des tintements de clochettes mêlés aux roulements sourds des « noggaras », aux hurlements des trompes.

Puis cette clameur étrange s'apaisa subitement, et on entendit le sol résonner sous un piétinement furieux. On eut dit que des milliers de bœufs sauvages se démenaient à quelques pas de là.

Après cette interruption de quelques minutes, les cris et les vociférations reprirent de plus belle.

Les aventuriers avaient déjà saisi leurs armes, croyant que le village était surpris par les ennemis.

Mais M'Toée, qui reconnaissait les usages de son pays, les calma d'un mot.

— Ça, danses funèbres, dit-il.

Nos amis, alors, abandonnèrent précipitamment leur hutte, et s'élancèrent au-dehors. Au milieu d'une vaste plaine, trop petite pour la circonstance, plus de trois mille nègres et négresses, vêtus de costumes excentriques et tout d'occasion, se démenaient et gesticulaient aux accords d'un orchestre infernal. Des feux de bouse de vache jetaient sur tous ces corps noirs et huileux des reflets rougeâtres et fugitifs ; les « noggaras » roulaient, les sonnettes et les anneaux de fer tintaient, les trompes hurlaient et les clameurs de la foule dominaient, par moment, ce tumulte assourdissant (1).

_____

(1) Disons, une fois pour toutes, combien nous sommes redevables, pour une grande partie de cet ouvrage, à la relation de sir Baker.

On eut dit une de ces scènes comme les aimait tant Callot, mais plus fantastique, plus indescriptible encore.

Et ils appellent cela honorer leurs morts! murmura Max. Pauvre peuple, combien seront grands et dévoués les hommes qui viendront t'arracher à ces ténèbres hideuses!...

Pendant les trois jours qu'ils passèrent à Kayala, les aventuriers eurent chaque soir une édition de cette scène.

L'hôte de nos amis était un des plus riches habitants du village. C'est à peine s'il connaissait le chiffre exact de ses troupeaux. Il avait quatre femmes, plus de dix enfants et le double d'esclaves.

Dans le Létouka, comme partout en Afrique, le mariage n'existe pas pour ainsi dire. Un homme peut avoir autant de femmes qu'il en peut nourrir, il lui en coûte pour cela cinq, dix, vingt têtes de bétail, suivant la force, la jeunesse de celle qu'il veut prendre pour compagne.

On comprend, d'après cela, combien les saintes joies de la famille, les douceurs du foyer domestique sont inconnues chez ces peuples. L'homme qui prend une épouse regarde plus à sa force corporelle qu'à sa beauté, qu'aux qualités qu'elle peut posséder. Ce qu'il lui faut, c'est une esclave; il l'a payée, et, par conséquent, il est en droit d'exiger d'elle que, par un travail acharné, par une soumission aveugle à ses moindres caprices, elle le compense de ce qu'il a déboursé pour l'acquérir.

Si, parfois, il la traite doucement, c'est moins

par bonté que par cette sollicitude inquiète de
l'avare qui craint de perdre trop tôt ce qu'il a payé
si cher.

Un des traits les plus caractéristiques de cette
race, c'est la manière dont ils procèdent aux funérailles de leurs parents et de leurs amis. Point ici de
massacres, d'immolations coûteuses; après avoir
été inhumé jusqu'à complète putréfaction des
chairs, le corps, réduit à l'état de squelette, est
renfermé dans un grand pot de terre, et ensuite
jeté — c'est le mot — dans un vaste terrain affecté
à cet usage. Malheureusement, ces urnes de terre
ne résistent pas longtemps, et des amoncellements
hideux, de crânes et d'ossements blanchis se
dressent, comme de sinistres *tumuli*, à l'entrée de
tous les villages.

Le quatrième jour après son arrivée, la caravane
quitta Kayala et se dirigea, à travers un pays
charmant qui bordait, à l'ouest, une chaîne de
hautes montagnes vers Tarrangollé.

Le jour même les tambours des Turcs battaient
joyeusement, saluant par une aubade bien digne
d'un tel pays leur entrée dans la capitale du Létouka.

— Encore une étape de franchie ! dit Jouffroy le
visage rayonnant, encore un pas qui nous rapproche de notre belle patrie !

— Hurrah donc pour les *Tarrangolliens !* s'écria
Fil-d'Etoupe en lançant dans les airs ce qui, autrefois, avait été un fez.

XXI

La ville de Tarrangollé, le chef-lieu, ou si l'on préfère, la capitale du Létouka, compte environ trois mille maisons.

« Non seulement », dit sir Baker, « des palissades de bois de fer l'environnent, mais chaque demeure est défendue par une petite cour fortifiée. Les bestiaux, parqués dans do vastes « kraals », situés à différents endroits, sont traités avec le plus grand soin. Pendant la nuit, de grands feux allumés, les protégent contre les mouches. De distance en distance, on a élevé des hautes estrades à trois étages, et on y place, nuit et jour, des sentinelles qui donnent l'alarme en cas de danger. »

Comme on le voit, par cet extrait, les Létoukiens de Tarrangollé n'ont rien négligé pour s'entourer d'une sécurité relative, sécurité souvent troublée par les bandes de pillards et de vagabonds qui, sans compter les Turcs, parcourent sans cesse le pays. C'est un des tristes effets de la malédiction qui semble peser sur cette race déshéritée. On dirait que les pauvres noirs ne peuvent être qu'opprimés ou oppresseurs.

Souvent, pourtant, ils prennent de terribles revanches.

Les Turcs furent fort surpris, en entrant dans la ville, d'y voir réunie toute une bande de trafiquants. Ceux-ci venaient des régions de l'E-t, emmenant une centaine d'esclaves qu'ils espéraient « placer » avantageusement dans le bassin du Bahr-el-Gazal (1). Mais leur troupeau humain n'était pas assez nombreux, et ils comptaient le compléter dans le Létonka.

Des deux côtés les armes furent chargées, les injures s'échangèrent; chacun des traitants prétendait que l'autre opérait sur son « terrain »; bref, une collision sanglante paraissait inévitable.

Mais les deux traitants étaient d'anciennes connaissances, et s'appréciaient à leur juste valeur. Après une heure passée à s'injurier et à se menacer, ils finirent par s'entendre. Quelques minutes ne s'étaient pas écoulées qu'ils étaient de nouveau les meilleurs amis du monde.

— Tant mieux ! déclara Fil-d'Etoupe; je ne hais rien autant que les chamailles.

Sur la foi du traité, les nouveaux arrivants établirent leur camp à côté de celui de leurs bons amis, et s'éparpillèrent dans la campagne, pillant les champs et les vergers, assommant de coups les malheureuses femmes qui venaient de la rivière

(1) Rivière des Gazelles.

pour leur voler leurs jarres ; bref, se conduisant comme une soldatesque effrénée en place conquise.

Max et Jouffroy furent obligés de se retirer de peur d'éclater devant de telles turpitudes.

— Quelles ignominies ! disait Jouffroy en serrant les poings. Ces gens se conduisent comme si toute la contrée leur appartenait. Il y a des moments où il me prend des envies furieuses de planter là cette bande de forbans et de recommencer la vie des bois.

— Nous sommes liés par notre engagement.

— Soit ! mais si le misérable ne change pas de manière de voir, je lui promets une volée de bois vert dont il se souviendra longtemps.

— C'est le moyen d'avoir les deux caravanes sur le dos ! murmura Max tristement. Patience, ami ; nous n'y pouvons rien...

A la grande joie des aventuriers, le traitant vint leur annoncer qu'on repartirait le lendemain.

A peine le soleil était-il levé que les tambours retentissaient, que les serviteurs se pressaient de tout préparer pour le départ. Mais, circonstance extraordinaire, les esclaves, les bestiaux et les marchandises furent laissés à Tarrangollé sous la garde d'une cinquantaine d'hommes ; les deux traitants se faisaient seulement accompagner de tous leurs engagés capables de tenir un fusil.

— Pour sûr, il se machine quelque chose ! murmura Fil-d'Etoupe en se grattant l'oreille. Enfin, qui vivra verra !...

Les caravanes unies passèrent au pied du mont

Léfit qui domine Tarrangollé, traversèrent un affluent de la rivière Kénaïti et se dirigèrent résolûment vers l'ouest, évitant les villages de Latomé et de Vouékkéla qu'elles laissèrent à leur gauche. C'était étonnant avec quelles précautions cette troupe, ordinairement si bruyante, avançait maintenant, tapie dans les hautes herbes, ou dissimulée derrière les rideaux de feuillage. Pas un cri, pas un murmure. On eut dit une troupe admirablement disciplinée.

— Pour sûr, disait Fil-d'Etoupe toujours poursuivi par son idée fixe, il y a sous roche quelqu'anguille dont les arêtes finirout par nous étrangler.

— Mais, explique-toi! fit Max avec impatience.

— Le sais-je? quelque razzia, sans doute.

— Et tu crois ces gens assez bêtes pour nous rendre témoins de leurs turpitudes?

— Savons-nous seulement où nous allons?

— A Elléria, répondirent Max et Jouffroy.

— Vous êtes plus heureux que nous en ce cas! N'est-ce pas, M. Béléchasse.

L'ancien fabricant de papier à filtrer se contenta de hocher la tête en murmurant :

Triste!... triste!... bien triste pays!!!

Les craintes de Fil-d'Etoupe n'étaient pas sans fondement. Prévenants et affables, les deux traitants s'ingéniaient à complaire aux aventuriers et évitaient le plus possible de les laisser seuls ou en communication avec leurs hommes. Evidemment cette amabilité cachait quelque chose.

— Ils nous mettent un tampon sur l'œil pour nous faire voir moins clair, répétait sans cesse Fil-d'Etoupe, toujours grimpé sur son grand dada.

Le troisième jour on campa sur les bords escarpés de la Kénaïti. Il faisait nuit; les aventuriers reposaient sous de légers abris de bambous, lorsque M'Toëe et Ali arrivèrent jusqu'à eux, se glissant comme des reptiles à travers les herbes et les roseaux.

— Maître, dit Ali en touchant légèrement l'épaule de Max; debout! le danger est venu...

Ces mots, quoique prononcés à voix basse, éveillèrent les aventuriers qui vinrent en frémissant se grouper autour de l'Arabe et de son compagnon.

— Les Turcs complotent la perte d'Elléria, continua Ali d'une voix si faible qu'elle ressemblait à un souffle. Tapis derrière leur hutte de bambous, M'Toëe et moi les avons entendu développer leurs infâmes projets. Ils veulent surprendre la ville et faire une immense razzia de troupeaux et d'esclaves.

— Voilà pourquoi, dit Jouffroy, ces deux mécréants ont laissé à Tarrangollé leurs troupeaux et leurs esclaves. Mais nous, pourquoi nous ont-ils emmenés.

— Vous les gêniez et vos révélations peuvent les perdre... Aussi veulent-ils vous abandonner au plus épais de la bataille; et, si vous en réchappez, ils espèrent que la part que vous aurez prise à l'affaire vous empêchera de la dénoncer.

— Pas mal imaginé! riposta Fil-d'Etoupe. Heu-

reusement, comme dit le proverbe, un homme sur
ses gardes en vaut quatre! Nous allons donc
fausser compagnie à MM. les trafiquants et courir
prévenir ces pauvres diables de sauvages qui, en
échange de ce service, nous donneront bien une
escorte pour nous reconduire à Gondokoro...

En même temps il sortit de la hutte; mais il
recula bientôt les yeux égarés, une sueur froide
au front.

La hutte de bambous était entourée d'hommes
armés...

Ils voulurent prendre leurs armes; elles avaient
disparu...

— Ça se corse comme dans un mélodrame de
M. Dennery! murmura Fil-d'Etoupe pensif.

Les aventuriers se regardaient effrayés. Il y aurait eu folie de songer à briser la barrière vivante
qui les entourait, et ils savaient que les mécréants
n'hésiteraient pas, à la moindre tentative de leur
part, à leur loger quelques balles dans la tête.

— Feignons d'ignorer, dit Max, et attendons...
Dieu, qui nous a défendus dans tant de circonstances périlleuses, saura bien nous garder de nouveaux dangers.

— C'était bien la peine de quitter notre belle
grotte du Victoria-N'yanza, pour venir stupidement nous faire égorger à quelques lieues du port!
murmura Achille Béléchasse, profondément dé-
couragé.

Le lendemain, au point du jour, la caravane
passa à gué la rivière Kenaïti, et, gravissant les

rochers abrupts et élevés qui lui font comme une barrière formidable, poursuivit sa marche au milieu d'un pays tourmenté et convulsé, mais offrant, à l'ombre de ses hautes collines des vallons délicieux et arrosés par une quantité de petits « noullahs », coulant en murmurant sous les fleurs et les roseaux.

Parfois les toits en forme de cloche de quelques huttes, disséminées dans la plaine, perçaient le feuillage épais des grands arbres, donnant de nouveaux reliefs à ces scènes dignes de la vieille Arcadie.

Mais le plus souvent, la caravane cheminait au faîte des précipices. De là, la vue était splendide : devant les voyageurs, et si près qu'ils croyaient la toucher, tant les illusions d'optique sont grandes sur ces hauteurs, s'étendait la vallée d'Elléria, large et verdoyante et encaissée dans un cirque de rochers aux tons bruns et gris; derrière eux, au contraire, les cimes bleues et arrondies du Létouka semblaient toucher le ciel.

Quelques efforts que tentâssent nos amis, ils ne pouvaient se rapprocher des deux traitants qui continuaient à tenir la tête de la caravane; ils étaient bien prisonniers...

Le soir on campa au sommet d'une montagne, derrière des blocs amoncelés par quelques cataclysme d'un autre âge, sans roulement de tambour, sans même oser allumer les feux.

C'était étrange comme la soif du lucre et du

pillage disciplinait ces bandes ordinairement si
indisciplinables.

Les aventuriers, comme la veille, furent con-
finés sous un misérable abri dressé à la hâte, sans
pouvoir communiquer avec le reste de la caravane.

— C'est intolérable ! dit Jouffroy.

Et il sortit brusquement, saisit un des gardes au
collet et l'envoya rouler à quelques pas de là. Aussitôt vingt fusils furent dirigés contre sa poitrine.
A moins de se faire stupidement tuer, il fallait
reculer.

Le géant rentra dans la tente, sombre, rugissant
comme un fauve.

La marche suivante conduisit la caravane dans
la vallée d'Elléria. Elle fut courte et circonspecte.
Après une étape de deux heures, toute la troupe se
dissimula dans un fourré épais.

La nuit vint, noire et profonde. Alors un roulement sonore et prolongé retentit, des torches bril-
lèrent et les forbans du désert se ruèrent comme
une nuée de démons sur la ville d'Elléria, dont on
voyait au loin la noire silhouette se profiler sur les
teintes foncées du firmament.

— Voilà vos armes, dit le traitant aux aventuriers. Nous allons être attaqués ; défendez-vous...

— Chien ! rugit le colosse qui arma précipitamment son fusil ; je connais tes projets, mais, par le
ciel ! tu ne les exécuteras pas.

Et épaulant vivement, il fit feu. Le Turc, en se
baissant, évita la balle, qui alla s'enfoncer dans le
tronc d'un tamarin gigantesque. Un éclair de

fureur alluma sa prunelle et sa main, se plongeant dans l'écharpe qui lui ceignait la taille, en tira un long coutelas.

Les aventuriers, groupés autour de Jouffroy, lui faisaient un rempart de leur corps.

Alors le misérable poussa un rugissement sauvage et bondit sur l'aventurier, le poignard levé. Une lutte s'en suivit malgré les efforts de Max et de Fil-d'Étoupe. Tout à coup, Jouffroy ouvrit les bras et se renversa en arrière.

— Je suis vengé! railla le mécréant.

Et, avant que les aventuriers, frappés de stupeur, pussent s'y opposer, il bondit par dessus le corps de son ennemi et se précipita au milieu du tourbillon humain qui environnait déjà la ville comme les flots d'une mer en fureur.

Max s'était agenouillé sur le sol, et sa main, posée sur la poitrine de Jouffroy, interrogeait les battements de ce cœur généreux.

— Mort!... dirent les témoins de cette scène sinistre en se regardant avec des yeux pleins de larmes.

Des rugissements de joie et de triomphe, mêlés à des plaintes déchirantes au crépitement de la fusillade, leur répondirent seuls.

XVII

Max se redressa.

— Non, mes amis, dit-il, non, grâce à Dieu,
nous n'aurons aucun événement douloureux à déplorer... Le poignard de l'assassin a rencontré la
cartouchière de Jouffroy et à glissé sur le côté, sans
causer d'autre mal qu'une longue et profonde en-
taille. Nous le sauverons.

Alors seulement on respira librement.

Quelques minutes après le blessé, qui avait déjà
repris connaissance, reposait sur une civière de
liane, moelleusement garnie d'herbes souples et
que portaient, tour à tour, Ali et M'Toëe. Edouard
et Fil-d'Etoupe, Béléchasse et Max, le fusil armé,
l'œil et l'oreille aux aguets faisaient escorte à ce
triste convoi.

Du côté d'Elléria, la bataille rugissait toujours
avec des alternatives de défaites et de succès pour
les deux partis. Le flot des assaillants était venu se
briser contre l'enceinte palissadée, d'où les guerriers les accueillaient par des volées de traits.
C'était une confusion, un mélange indescriptible

au milieu duquel brillaient, dans la nuit, la pointe d'une lance, l'éclair d'un fusil. Les fumées de la poudre commençaient à s'amasser en noirs nuages, qui dérobèrent bientôt aux aventuriers la vue du combat.

— Ça chauffe! murmurait Fil-d'Étoupe qui, au milieu des plus graves circonstances, ne pouvait retenir sa langue.

Pressés de fuir cette scène de carnage, les aventuriers se jetèrent au milieu des chaînes de montagnes qui dominent la ville de leurs pics sourcilleux. Tout à coup, le ciel jusqu'alors si sombre, s'incendia de reflets d'un rouge livide, que le vent de nuit faisait ondoyer et dépliait comme une pourpre gigantesque.

Les Turcs, désespérant d'en venir à bout par la force, repoussés avec pertes par le nombre des assiégés, avaient appelé à leur aide leur sinistre et terrible auxiliaire : l'incendie!...

Les toits de chaume flambaient, les murs et les palissades de bambous grésillaient et s'effondraient au milieu d'une pluie d'étincelles, et la flamme montait rouge, dorée, violacée, se tordant, se dépliant comme un voile, comme un serpent gigantesque, inondant la campagne de ses reflets sinistres.

Des milliers de flammèches sinistres voltigeaient dans l'air embrasé comme des mouches aux ailes de feu...

Au milieu de cette conflagration horrible, on apercevait les corps noirs des combattants se tor-

dant, se débattant : spectacle hideux ! on eut dit
autant de démons au milieu des flammes de
l'enfer...

— Horreur ! disent les aventuriers...

— Oui ! honte et anathème sur ces brutes à face
humaine ! sur ces tigres altérés de sang et de carnage ! s'écria tout à coup une voix grave, et puisse
le Seigneur, un jour, les châtier de leurs crimes !...

Les aventuriers se détournèrent et aperçurent le
blessé, debout, le bras étendu en signe de malédiction vers la bande sinistre...

Comme si les paroles de Jouffroy eussent été
prophétiques, une troupe nombreuse et armée en
guerre descendit soudain des montagnes et se rua
sur la bande ennemie.

Surpris, déconcertés, les lâches trafiquants
n'essayèrent pas une résistance inutile. Un
immense « sauve qui peut ! » retentit, les soldats
jetèrent armes et bagages et s'enfuirent dans la
direction du Létouka, laissant une vingtaine de cadavres sur la place.

La troupe affolée, éperdue, passa comme une
avalanche au pied du rocher où s'étaient réfugiés
les aventuriers.

— C'est la justice de Dieu ! dit encore Jouffroy
de sa voix grave et profonde.

Bientôt les derniers fuyards disparurent au milieu des rochers.

Alors, aux dernières lueurs de l'incendie, sur ce
sol trempé de sang, jonché de cadavres et de débris fumants, les nègres célébrèrent leur triomphe

à grands renforts de « magrams », de cris sauvages, de danses et de contorsions.

— Ces noirs sont toujours les mêmes ? fit Jouffroy tristement; ils dansent sur les ruines de leur
ville comme ils ont dansé hier sur les tombes de
leurs ancêtres, comme ils danseront demain aux
funérailles des braves tombés sous les coups des
Turcs ?...

— Heureusement, répliqua Max, les ruines sont
peu de choses en Afrique. Repassons ici dans quelques jours, et nous trouverons une nouvelle cité
aussi bruyante, aussi peuplée que l'ancienne...

— Non ! murmura Béléchasse effaré, non ! nous
ne repasserons pas !

Ne faut-il pas que tout drame ait sa note
comique ?

Cependant le soleil allait se lever, et les aventuriers songèrent à leur propre sécurité.

Encore une fois, ils étaient seuls, abandonnés au
milieu d'une région sauvage. Pourtant, ils sentirent leur énergie se décupler et grandir. Le but
n'était plus loin d'ailleurs : encore quelques jours
de fatigues et de périls et ils arrivaient à Gondokoro.

Là, ils étaient sauvés, Max, avant son départ,
ayant eu la précaution de déposer chez des négociants de Khartoum et du Caire des sommes assez
importantes.

Ce fut donc avec un nouveau courage qu'ils
reprirent le brancard où reposait Jouffroy, qu'ils
recommencèrent, au milieu des précipices et des

défilés des montagnes leurs étapes de chaque jour. Après la tentative des Turcs, ils ne devaient pas s'attendre à un accueil bien chaleureux, aussi évitèrent-ils prudemment Tollogo et passèrent de nouveaux affluents de la Kenaïti, préférant marcher la nuit, au risque d'avoir à se mesurer contre les fauves que de combattre les hommes en plein soleil.

Que de projets on faisait ! comme on se promettait de ne plus quitter Paris, cette capitale du monde civilisé, ce sanctuaire de tout ce qui est noble, grand, bon et généreux ! La patrie apparaît ainsi quand des espaces immenses, des mers infranchissables s'étendent comme une barrière entre elle et vous...

— Ah ! oui, disait Achille Béléchasse, on ne m'y reprendra plus !... Pour une seule fois que j'ai quitté la rue des Martyrs, ça m'a bien réussi !...

— Les regrettez-vous donc ces heures si terribles que nous avons passées ensemble ! dit avec un sourire doucement joyeux Jouffroy qui maintenant pouvait marcher appuyé sur Fil-d'Etoupe et M'Toëc.

— Les regretter... pour cela il faudrait être fou ! Je ne regrette qu'une chose, c'est de m'être si sottement embarqué sur la *Belle-Amélie*.

— Et cet émouvant récit que vous deviez publier dans le *Pays* n'y songez-vous plus ? insinua malicieusement Fil-d'Etoupe.

— Non !... non !... se récria le digne fabricant

de papier à filtrer, je veux oublier... ne plus jamais songer à toutes ces scènes horribles.

— Et vous, Edouard, reprit affectueusement Jouffroy, à quoi songez-vous ?

— A ma mère ! répondit simplement le jeune homme.

Les étapes se faisaient donc assez gaiement. Plus on approchait, plus les difficultés semblaient moindres, plus la confiance renaissait.

Le pays qu'ils traversaient n'excitait même plus leur attention ; les mœurs, les coutumes des habitants les laissaient indifférents : c'était d'ailleurs ce même territoire, ces mêmes peuples Beris qu'ils avaient si minitieusement explorés, examinés à leur départ de Gondokoro.

Seulement, alors, ils avaient, autant que possible, suivi le cours du Nil jusqu'au « Mwoutan-Nzigé », tandis que, cette fois, ils avaient décrit un immense crochet vers l'est.

Mais ils arrivaient au même point.

— Oui, disait Fil-d'Etoupe tout joyeux, tout chemin mène à Rome, et nous arriverons. D'ailleurs, ne reconnaissons-nous pas ces femmes vêtues de leurs jolis tabliers aux mailles de perles ou d'acier, aux longues queues qui leur pendent si gracieusement sur les talons? ne reconnaissons-nous pas ces braves guerriers barbouillés d'argile et portant sur leur poitrine tous les tons de la palette d'un aquarelliste?... Oh! nous sommes sauvés !...

Béléchasse haussa dédaigneusement les épaules.

— Tant que nous sentirons sous nos pieds ce sol

brûlant, dit-il, je désespèrerai d'atteindre jamais le but.

Le sixième jour après leur départ du district d'Elléria, les aventuriers aperçurent le mont Régiaf se dressant comme un géant à l'horizon, puis dans les brumes bleuâtres et lointaines le sommet du mont Lardo qui domine Gondokoro.

Alors, les yeux humides de bonheur, le cœur délicieusement ému, ils se pressèrent silencieusement la main et adressèrent au ciel un regard empreint de la plus vive reconnaissance.

Trois jours après, ils entraient à Goudokoro.

Ils étaient sauvés.

CONCLUSION.

Les aventuriers reçurent des autorités égyptiennes et des négociants résidant à Gondokoro l'accueil le plus cordial. Tous les avaient vus partir et avaient peine à reconnaître dans ces cadavres vivants, pâles, hâves, décharnés, vêtus de quelques guenilles ces aventuriers plein de foi et de confiance en eux-mêmes qu'ils avaient connus autrefois.

On espérait si peu leur retour, on les croyait morts, tant il est rare que le Européens résistent à ce climat meurtrier, aux flèches et aux embuscades des sauvages. Que dire alors d'hommes abandonnés, livrés à leurs propres forces dans un pays où tout leur est hostile? aussi regardait-on leur retour comme un véritable prodige.

Max s'informa de ce qu'étaient devenus les lâches qui les avaient abandonnés sur le « Mwou-tan-Nzigé », et les engagés qu'il avait laissé à Mégungo. Tous étaient revenus, disant que les voyageurs blancs avaient péri dans une rencontre avec les indigènes.

C'est toujours ainsi...

— Et voilà comment on écrit l'histoire? s'écriat-il indigné; voilà comme quoi on croit à la mort de tant de malheureux pillés, volés et abandonnés dans les jungles et les déserts!

— N'en sommes-nous pas une preuve vivante, répondit Jouffroy.

— Et, riposta Fil-d'Etoupe en riant, il ne s'en est pas fallu de grand chose que nous n'en soyons une preuve morte.

Mais Béléchasse ne cessait de répéter.

— Pressons-nous!... pressons-nous!...

Littéralement, le sol lui brûlait les pieds.

Enfin les courriers, envoyés à Khartoum chez les dépositaires de Max, arrivèrent porteurs d'armes et de vêtements pour les aventuriers, conduisant une petite chaloupe à vapeur pour descendre le fleuve. Quelques jours après, Max et ses amis s'embarquaient joyeusement, disant, sans aucun regret, adieu à cette terre qui avait failli leur être si fatale.

— Serons-nous sages désormais? dit Max à Jouffroy pendant que, debout à l'arrière du petit navire, ils apercevaient les rives vertes et boisées fuir et se fondre dans un lointain vaporeux pour faire place à de nouveaux points de vue... Cette longue série de malheurs a-t-elle un peu refroidi notre humeur aventureuse?

Jouffroy secoua la tête en souriant.

— Qui sait? dit-il.

La barque fuyait de toute la vitesse de son hélice, vomissant par son énorme cheminée des flots de fumées noirâtres qui allaient accrochant leurs spirales autour des branches bizarrement contournées avant de se fondre tout à fait dans l'azur, et Max, pensif, murmura aussi :

— Qui sait !

. . . .

Six mois après les derniers faits que nous venons de raconter, par un beau soir tout étincelant des mille clartés des becs de gaz, une affluence extraordinaire de badauds et de curieux se pressait sur un des principaux boulevards de Paris, devant un magasin de curiosités nouvellement ouvert.

L'appât auquel mordaient les badauds était un magnifique tableau, signé d'un peintre en renom et dominant la devanture du magasin, auquel, sans doute, il servait d'enseigne.

C'était un site sauvage, un amoncellement de masses granitiques, aux coupes, aux profils étranges, que couronnait une végétation exubérante, un fouillis de lianes en fleur, allant d'un tronc à l'autre, et laissant tomber leurs gracieux festons dans les flots calmes et limpides d'une rivière.

Une caravane se voyait dans la pénombre, se dirigeant vers quatre troncs à peine dégarnis de leurs branches et jetés comme un pont au-dessus des deux rives.

Des singes et des oiseaux perchés dans le feuillage ; des lions, des léopards sur les rochers ; des
hippopotames et des crocodiles sur la rivière donnaient la vie à cette page magistrale qui, depuis
huit jours déjà, faisait courir tout Paris.

Au-dessus du tableau on lisait ces mots, qu'épe-
laient les plus savants :

AU PONT DU LOUGÉRENNGÉRI.

Et plus bas :

ACHILLE BÉLÉCHASSE, L. PERRON ET Cᵉ.

Ce « et compagnie » cachait le nom d'un de nos
personnages. Le lecteur l'a deviné sans doute.

Et dans la foule, éblouie de ce ruissellement d'or
et de lumière, de ces mille objets curieux rapportés
des quatre coins du monde, depuis le casse-tête
grossier et l'affreux bracelet hérissé de pointes de
fer de l'africain sauvage, jusqu'aux produits gracieux de l'industrie chinoise et japonaise, retentissait ce cri :

— Que c'est beau ! que c'est beau !...

Perdus dans la foule, deux hommes jeunes encore malgré leur barbe et leurs cheveux blancs,
regardaient, la lèvre souriante mais les paupières
humides d'émotion, cette grande manifestation
populaire.

— Pauvre Béléchasse ! murmura le plus petit de
nos inconnus, il est heureux entouré d'Edouard et
de Louis, qui sont pour lui comme deux fils dévoués ; il ne craint plus de mourir misérablement
dans quelque coin de l'Afrique sauvage... Oui, la

patrie a ses joies !... Pourtant, reprit-il, il me
semble que cette existence aventureuse, cette
lutte de chaque jour contre les fauves et les éléments, contre le pays lui-même, ont leurs charmes
aussi.

Alors son compagnon lui prit la main, et murmura ces deux mots mystérieux que nous avons
entendus sur le Nil :

— Qui sait ?

Puis ils se perdirent au plus profond de la foule.

Ces deux hommes, on l'a deviné, c'étaient Max
et Jouffroy.

Enfin, pour n'oublier aucun des personnages de
cette véridique histoire, il n'est pas jusqu'à M'Toës
et Ali qui n'aient trouvé asile et protection le premier chez Jouffroy, le second chez Maximilien
Lenard.

Et ce n'était que justice : cette confiance, cette
amitié qu'on leur témoignait, ils les avaient bien
méritées par leurs services et leur dévouement.

Souvent, aujourd'hui, on peut les voir, le cigare
aux lèvres, vêtus du veston et coiffés du feutre
mou des dandys, arpenter les grands boulevards,
deux énormes dogues sur les talons.

Ils se reposent et se promènent en prévision de
fatigues et de dangers nouveaux.

FIN.

Limoges — Imp. Eugène ARDAN et Cⁱᵉ.

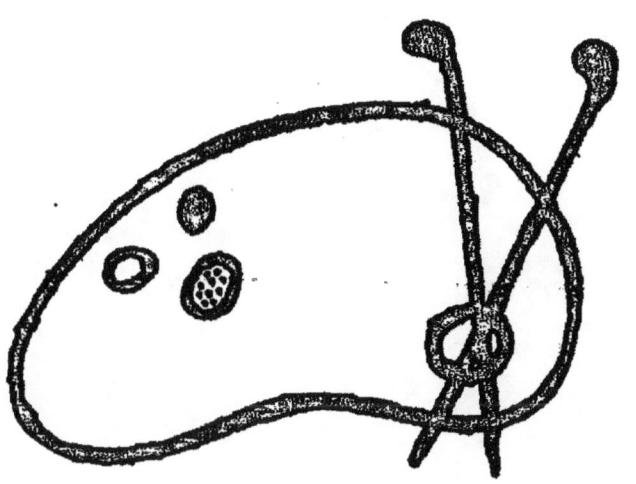

Original en couleur

NF Z 43-120-8

www.ingramcontent.com/pod-product-compliance
Lightning Source LLC
Chambersburg PA
CBHW051826020726
47502CB00005B/1656